O AVARENTO

Livros do autor na Coleção **L&PM** POCKET:

O avarento
Don Juan: O convidado de pedra
As Eruditas

Molière

O AVARENTO

Tradução e apresentação de Dorothée de Bruchard

www.lpm.com.br

L&PM POCKET

Coleção **L&PM** POCKET, vol. 1210

Texto de acordo com a nova ortografia.
Título original: *L'Avare*

Primeira edição na Coleção **L&PM** POCKET: abril de 2016
Esta reimpressão: julho de 2017

Tradução e apresentação: Dorothée de Bruchard
Capa: Ivan Pinheiro Machado. *Ilustração*: iStock
Preparação: Jó Saldanha
Revisão: Lia Cremonese

CIP-Brasil. Catalogação na publicação
Sindicato Nacional dos Editores de Livros, RJ.

M733a

Molière, 1622-1673
O avarento / Molière; tradução Dorothée de Bruchard. – Porto Alegre, RS: L&PM, 2017.
   192 p.; 18 cm.   (Coleção L&PM POCKET, v. 1210)

Tradução de: L'Avare
ISBN 978-85-254-3383-1

1. Teatro francês (Literatura). I. Bruchard, Dorothée de. II. Título. II. Série.

16-29944   CDD: 842
                             CDU: 821.133.1-2

© da tradução, L&PM Editores, 2016

Todos os direitos desta edição reservados a L&PM Editores
Rua Comendador Coruja, 314, loja 9 – Floresta – 90.220-180
Porto Alegre – RS – Brasil / Fone: 51.3225.5777 – Fax: 51.3221.5380

Pedidos & Depto. Comercial: vendas@lpm.com.br
Fale conosco: info@lpm.com.br
www.lpm.com.br

Impresso no Brasil
Inverno de 2017

APRESENTAÇÃO

*Dorothée de Bruchard**

NESTE SÉCULO XVI que deu à luz obras-primas de prestigiados autores trágicos como Pierre Corneille ou Jean Racine, ficando na história literária da França como o grande século do teatro, coube a Molière o papel de Pai da Comédia – um gênero até então tido como menor e que, por sua pena, se alçaria ao patamar de obra artística e literária.

Dono de um estilo fino e preciso, exímio artífice das sutilezas da linguagem, hábil criador de tiradas e bordões ainda hoje comumente citados, figura Molière, no panteão literário francês, como o autor clássico por excelência. A tal ponto que seu nome, pela expressão "a língua de Molière", consagrou-se como um sinônimo da língua francesa.

Autor de uma vasta obra composta num período de dezoito anos, entre 1655 e 1673, suas mais de trinta peças (entre comédias, farsas, e comédias-balé), foram concebidas com profundo conhecimento do jogo cênico a partir de sua vivência como chefe de trupe, diretor teatral e ator. Dramaturgo, concebeu cada cena, cada fala de cada uma de suas peças levando em conta os talentos ou atributos próprios de atores que conhecia e iria dirigir. Assim,

---

* Tradutora literária, doutora em Estudos da Tradução pela Universidade Federal de Santa Catarina e editora.

se é manca a personagem Flecha, em O *avarento*, é porque mancava seu intérprete, Louis Béjart, cunhado de Molière. Ator – um intérprete extraordinário, no dizer de seus contemporâneos –, encarnou ele próprio algumas de suas memoráveis personagens, como Dom Juan, Alceste (O *misantropo*), e o avarento Harpagão, a quem empresta a "fluxão pulmonar" que lhe fragilizava a saúde desde 1666.

Arguto observador da sociedade de seu tempo, ousou retratar, com um misto de fineza e crueza, os falsos valores que, sustentados pela hipocrisia, permeiam as relações humanas e sociais. Atento observador da alma humana, legou à posteridade um elenco de personagens – do libertino Dom Juan ao hipocondríaco Argan (de O *doente imaginário*), do misantropo Alceste ao novo-rico sr. Jourdain (O *burguês fidalgo*) – que encarnam arquetipicamente mazelas nossas universais. Entre tantos tipos inesquecíveis figura, com especial destaque, o protagonista de O *avarento*: Harpagão, cujo nome, com raízes no latim (*harpago*, rapina) e no grego antigo (ἁρπαγή, *ou hárpage*, voracidade), está hoje dicionarizado em várias línguas, inclusive a portuguesa, como sinônimo de tacanhice e avidez patológica. Ao espelhar, com brutal precisão, os diferentes jogos de poder desencadeados por nossa relação com o vil metal, esse insuportável e irresistível unha de fome tem assegurado, há mais de três séculos, a perenidade dessa que, embora pouco entusiasmo suscitasse em sua estreia, em 1668, permanece uma das peças de Molière mais encenadas no mundo inteiro.

Nascido em Paris a 15 de janeiro de 1622, filho de um abastado comerciante que acedera à prestigiosa função de tapeceiro do rei, Jean-Baptiste Poquelin, após cursar o Collège de Clermont (hoje Lycée Louis-le-Grand), dirigido pelos jesuítas e frequentado pelos filhos dos grandes senhores da época, e em seguida formar-se em direito em Orléans, renuncia à carreira de advogado e à sucessão da empresa familiar para se dedicar ao teatro. Adota então, como era prática nessa época que estigmatizava a profissão de ator, o pseudônimo de Molière, cujo significado, nunca explicado por ele próprio nem aos amigos mais próximos, permanece ainda hoje objeto de especulação entre os estudiosos. E, em 1643, juntamente com os irmãos Joseph, Geneviève e Madeleine Béjart e mais alguns amigos, funda a companhia L'Illustre Théâtre. O grupo se depara, porém, com sérias dificuldades financeiras, decreta falência em 1645, e Molière, como chefe da trupe, chega a ser preso por inadimplência. No ano seguinte, a companhia parte para o interior, onde passaria os doze anos seguintes percorrendo cidades e regiões – período, para Molière, de amadurecer em seu ofício de ator e se arriscar na escrita de suas primeiras peças, *O estouvado* (*L'Etourdi*, 1655) e *Despeito amoroso* (*Le Dépit amoureux*, 1656).

Incerta e precária era a vida dos artistas itinerantes, num tempo em que as artes cênicas eram vistas como um atentado à moral e um instrumento de corrupção das almas. A Igreja (Católica, mas também a Reformada) incluía os atores entre "as pessoas publicamente indignas, notoriamente excomungadas, banidas e manifestamente infames, como as prostitutas, os amancebados, os comediantes, os agiotas, os mágicos, os feiticeiros, os blasfemadores e outros semelhantes pecadores" (*Ritual da diocese de Paris*, 1935). Assim, embora se esboçasse na corte, já desde o reinado de Luís XIII, uma política de reabilitação da profissão incentivada por personalidades como os ministros-cardeais Richelieu e Mazarino, nas províncias era bastante comum os espetáculos serem censurados, e as representações, proibidas. Sobreviviam somente os grupos que gozavam da proteção de algum poderoso fidalgo apreciador das artes, festas e espetáculos.

A trupe de Molière, composta por um elenco polivalente, capaz de criar e improvisar a partir de recursos tão diversos como produção de falas e diálogos, mímica, música ou dança, contou ao longo dos anos com o sucessivo apoio de mecenas como o duque de Épernon ou o conde de Aubijoux, entre outros. Era ágil o suficiente para produzir, nos salões dos castelos, sofisticados espetáculos privados com textos e conteúdo ditados pelas expectativas dos nobres fidalgos, mas também peças mais simples representadas em feiras ou festas populares. Em 1656, porém, perdia o apoio de um de seus mais fiéis patrocinadores, o príncipe de Conti, subitamente convertido em fervoroso devoto. É quando a trupe, já então conhecida como a melhor "trupe de província" francesa, decide tentar novamente a sorte na capital.

Em 1658, o grupo de Molière é convidado a apresentar diante da corte algumas de suas primeiras comédias, que são favoravelmente acolhidas pelo rei Luís XIV, grande apreciador do gênero cômico, e por seu irmão, o duque de Orléans. Paris contava então com três companhias rivais, cada qual vinculada a um teatro específico: os Grands Comédiens do Hôtel de Bourgogne, a Troupe du Marais, e a Troupe des Italiens. Por determinação do duque de Orléans (ou *Monsieur*, como era e ficou conhecido), o grupo obtém permissão para se apresentar no Théâtre du Petit-Bourbon, dividindo o espaço com a Trupe dos Italianos. Tinha então início uma fulgurante trajetória, que pode ser retraçada graças ao minucioso registro, deixado por Molière e conservado na Comédie Française, das peças encenadas, receitas auferidas e outros fatos relevantes da história do grupo.

Nos seus primeiros meses, a agora denominada Troupe de Monsieur alterna a apresentação de peças de terceiros, como tragédias de Corneille e comédias de Scarron, com as duas primeiras comédias assinadas por Molière, *O estouvado* e *Despeito amoroso*, novidades que encantam o público e asseguram o sucesso do grupo. Em novembro de 1659, estreava *As preciosas ridículas* (*Les Précieuses ridicules*), comédia burlesca em um ato que satirizava a linguagem preciosista, não raro afetada, que imperava então nos salões e na corte. Num momento em que se firmavam os princípios de uso da língua francesa clássica, a peça, que logrou imenso sucesso, vinha consagrar o nome de Molière como ator e diretor teatral, além de conferir-lhe o status de escritor apto a tomar parte aos debates linguísticos e literários. Em 1660, quando suas obras já representam mais de metade das peças encenadas (110 de um total de 183), a trupe é transferida para o mais prestigioso Théâtre du Palais-Royal, ainda partilhado com a companhia italiana.

Os comediantes italianos, estabelecidos na França desde o século XVI a convite da rainha Catarina de Médici, fascinavam então as plateias com as farsas alegres e cheias de malícia da *commedia dell'arte*. A convivência entre as duas trupes, e a estreita relação com o diretor do grupo italiano, Tiberio Fiorilli, a quem tinha como um autêntico mestre, não deixariam de marcar a obra de Molière: enquanto seus primeiros trabalhos (*O estouvado*, *Despeito amoroso* e *Dom Garcia de Navarra*) constituíam adaptações de peças da *commedia dell'arte*, também é muito clara a influência italiana em peças como *Dom Juan* (1665) ou *As artimanhas de Scapin* (*Les Fourberies de Scapin*, 1671). Vale lembrar, além disso, que a personagem Sganarelle, que a partir de *Sganarelle, ou O corno imaginário* (*Sganarelle, ou Le Cocu imaginaire*, 1660) reapareceria em diversas peças de Molière[*], não raro interpretada por ele, foi diretamente inspirada no célebre Scaramuccio criado por Fiorilli. O próprio nome Sganarelle teria sua origem no verbo italiano arcaico *sgannare* (desenganar, no sentido de abrir os olhos, revelar a verdade).

---

[*] *A escola dos maridos* (*L'École des maris*, 1661), *O casamento forçado* (*Le Mariage forcé*, 1664), *Dom Juan* (1665), *O amor médico* (*L'Amour médecin*, 1665), *Médico à força* (*Le Médecin malgré lui*, 1666). (N.T.)

Também à maneira dos italianos, Molière inovaria ao produzir textos originais, num século em que a originalidade não necessariamente se vinculava à noção de autoria, e em que as grandes obras consistiam essencialmente na recriação de modelos estrangeiros consagrados, em especial da Antiguidade clássica. Assim, enquanto La Fontaine reescrevia as antigas fábulas de Fedro ou Esopo adaptando-as ao estilo e moralidade dos leitores contemporâneos, Jean Racine reconhecia no prefácio de *Fedra* (1677), uma de suas mais prestigiadas peças, que "é esta mais uma tragédia cujo tema foi tirado de Eurípides".

No caso específico da comédia, era norma entre os dramaturgos recorrer a modelos greco-latinos, mas também italianos ou espanhóis. Na contracorrente dessa tradição, Molière iria investir na criação de textos originais, o que até então só era praticado pelos integrantes da *commedia dell'arte*. Com exceção dos já mencionados exemplos de inspiração italiana e de duas comédias (*O avarento* e *O anfitrião*, ambas de 1668) retomadas de peças de Plauto, o conjunto do repertório molièreano é constituído por tramas originais mesclando elementos de fontes tão diversas como o *Decameron*, de Boccacio, ou antigos contos medievais. Essa inédita concepção da escrita dramatúrgica, além de se traduzir numa obra extremamente variada, contribuiu sensivelmente para que a comédia adquirisse o status de gênero literário.

Nesse sentido, procura Molière, ao compor suas peças, distanciar-se da farsa e do estilo puramente caricatural. Embora ainda recorra a alguns procedimentos cômicos um tanto toscos, como tombos, surras e quiproquós, cuida de equilibrá-los com o refinamento do estilo clássico. Concebe tramas mais complexas, encenadas em três ou cinco atos, às quais imprime, combinando o cômico, o patético e a crítica social, uma nova dimensão reflexiva e moral – em que o riso, visto como um instrumento educativo e transformador, serve para combater tanto os defeitos humanos individuais e universais como os maus usos e costumes da sociedade. Trata igualmente de aplicar, em suas comédias, as regras do teatro neoclássico.

Regras essas que, fundamentadas na *Poética* de Aristóteles, vinham sendo discutidas e elaboradas por escritores e teóricos como Pierre Corneille (*Pratique du théâtre*, 1657) ou Nicolas Boileau (*Art Poétique*, 1674). Eram elas, essencialmente: a regra das três unidades (unidade de tempo, de espaço e de ação); a regra da verossimilhança, que bania todo evento fantasioso ou improvável, num século de que ordem e razão eram os valores-chave; a regra do decoro, que proibia cenas chocantes ou violentas – batalhas, assassinatos, suicídios, quando existentes na trama, eram narrados por uma das personagens, mas nunca encenados.

A observância dessas regras, imprescindível na composição das tragédias, era bem menos rigorosa para a comédia, gênero que não merecia tanta atenção dos teóricos. Molière, ainda assim, procura aplicá-las em suas peças que, de modo geral, respeitam as unidades de tempo e espaço, e, sempre que possível, a unidade de ação. Assim é que *O avarento*, por exemplo, se desenrola num período inferior a 24 horas (unidade de tempo), no espaço único da casa de Harpagão, com vista para o jardim. E, embora apresente algumas intrigas paralelas (como os romances de Mariana e Cleanto, Elisa e Valério), são elas, sem exceção, derivadas dos atos do protagonista, cuja patológica avareza é o fio condutor que confere à trama sua unidade de ação.

Uma peculiaridade de *O avarento* é o fato de, como *Dom Juan*, *A crítica à Escola das Mulheres* ou *As preciosas ridículas*, tratar-se de uma peça escrita em prosa – forma a que Molière não hesitava em recorrer vez ou outra, quando motivado pela pressa. Contudo, seguindo a prática corrente no século XVII, quando os próprios atores preferiam as falas em versos, julgadas mais fáceis de decorar, compôs em alexandrinos a maioria de seus textos. Cabe observar, por outro lado, que, embora escrita numa linguagem corrente, às vezes coloquial, sua obra como um todo mantém um registro suficientemente elevado para agradar a uma elite que, a exemplo do Rei-Sol, começava a constituir o público de um gênero até então desdenhado.

Elite que passava, de mais a mais, a ser representada nos palcos. Não era dado a Molière pôr em cena heróis, reis ou figuras da alta nobreza que, personagens obrigatórias nas tragédias, eram vetadas à comédia. À diferença, porém, dos tradicionais bufões e tipos populares das farsas (nas quais personagens da nobreza ou do clero, quando presentes, eram ridicularizadas), seus protagonistas encarnavam membros da burguesia ou pequenos fidalgos.

A burguesia, enriquecida pela atividade mercantil, era então uma classe em franca ascensão, cujo sonho era aceder aos privilégios reservados à aristocracia. Daí alguns burgueses menos escrupulosos chegarem a inventar para si títulos e origens nobres, como bem ironizam, em *O avarento*, as personagens de Frosina e Harpagão. A nobreza, entretanto, embora conservasse seu prestígio e suas prerrogativas à custa de um ruinoso estilo de vida, assistia ao esfacelamento de seu poder econômico e social.

Aos nobres e burgueses também se uniam, para assistir às peças de Molière, membros das classes populares, as quais constituíam o público tradicionalmente cativo das farsas e comédias. Assim, num típico teatro do século XVII, que podia comportar até 1.500 pessoas, cerca de metade do público das comédias compunha-se de homens de baixa renda – lacaios, mosqueteiros, pequenos artesãos, estudantes... –, espectadores ruidosos, dados a brigas e confusões, que assistiam aos espetáculos em pé, na plateia, em frente ao palco. Os camarotes e galerias laterais eram ocupados pelos burgueses, em especial as mulheres, enquanto que aos membros da aristocracia eram reservadas cadeiras dispostas de lado e outro do palco (não sendo incomum o espetáculo ser perturbado por suas movimentações e comentários).

A esse público heterogêneo Molière – para quem o dever da comédia era corrigir os homens enquanto os divertia, e o riso, um instrumento de transformação mais eficaz que os mais belos sermões – oferecia um retrato em que todos podiam se reconhecer, mas não necessariamente apreciar. Como ele próprio constatava em seu prefácio ao *Tartufo*:

> É um duro golpe, para os vícios, serem expostos ao escárnio de todos. Suportamos tranquilamente as repreensões, mas não suportamos a zombaria. Até admitimos ser maus, mas não admitimos ser ridículos.

Ridicularizar grandes defeitos humanos como inveja, arrogância ou avareza, escancarar máscaras e miúdos poderes que pautam as relações sociais eram para Molière armas privilegiadas para combater as distorções e perversões do seu tempo. Não à toa, retomara para si essa antiga máxima da Antiguidade: *Castigat ridendo mores*, corrigir os costumes por meio do riso. Queria ele, por meio do distanciamento que o riso oferece, promover o conhecimento de si mesmo e da natureza humana, embora bem soubesse dessa nossa fraqueza, apontada pela personagem Sosie em *O anfitrião* (ato II, cena 3): a curiosidade em conhecer algo que preferimos, no fundo, não saber.

Molière despertou como poucos, ao longo da vida, toda espécie de opiniões e reações contrárias e exacerbadas. Foi amado e aclamado por seus admiradores com a mesma intensidade com que o temiam, odiavam e combatiam os artistas e escritores invejosos de seu sucesso e, sobretudo, os alvos privilegiados de sua sátira mordaz: burgueses emergentes, pseudointelectuais pedantes, a classe médica, os falsos devotos... os quais não o pouparam de críticas e calúnias sem fim envolvendo até mesmo sua própria vida pessoal.

Casou-se Molière, em 1662, com uma jovem atriz da companhia, Armande Béjart, vinte anos mais jovem, com quem teve três filhos, dos quais somente uma menina viveria além do primeiro ano. Foi uma união infeliz, conturbada, provavelmente arranjada (como era comum na época) em função de interesses da trupe. Ora, comentava-se que Armande, oficialmente irmã da aclamada atriz Madeleine Béjart, antiga amante de Molière, seria na verdade filha de Madeleine. Daí a se atribuir a Molière sua paternidade e o pecado do incesto era só um passo, afoitamente empreendido por seus detratores.

Detratores que tampouco o pouparam das agruras da censura. Caso emblemático é *O Tartufo* (*Le Tartuffe*), comédia em cinco atos que satiriza a hipocrisia dos falsos devotos. Levada pela primeira vez em Versalhes, em 1664, diante do rei e de sua corte, seria rapidamente proibida por pressão da Igreja. Sob o título *O impostor* (*L'Imposteur*), Molière ainda tentou relançar a peça, que foi novamente vetada e só voltaria aos palcos, com imenso sucesso de público, em 1669. Outros sucessos de Molière foram, ao longo dos anos, objeto de acaloradas polêmicas. *Dom Juan*, por exemplo, enquanto aclamadíssima pelo público em 1665, era acusada num panfleto de trazer a libertinagem e o ateísmo para os palcos, e a edição póstuma da obra, em 1682, foi expurgada de todos os trechos considerados inaceitáveis.

A escola das mulheres (*L'École des Femmes*, 1663), embora obtivesse nas bilheterias a até então inédita receita de 1.518 libras, foi alvo de virulentos ataques por parte de críticos e escritores que, entre muitos defeitos, apontavam a inconsistência da protagonista, ou viam na trama uma versão requentada da *Escola dos maridos* (*L'École des maris*, 1661). Molière soube virar magistralmente a seu favor essa que ficaria conhecida como a Querela da *Escola das mulheres*: em resposta aos seus detratores, compôs a *Crítica à Escola das mulheres* (*Critique de l'École des femmes*, 1664) que, encenada na sequência de *A escola das mulheres* num mesmo espetáculo, apresentava uma discussão entre espectadores contrários e favoráveis à peça.

Molière introduzia na dramaturgia, ao trazer para os palcos seu próprio público a refletir sobre a recepção de sua obra, o recurso do metateatro. Recurso que já empregara, aliás, em *O improviso de Versalhes* (*L'Impromptu de Versailles*, 1663), quando, ao representar a si mesmo dirigindo seus próprios atores num ensaio, pusera em cena suas reflexões estético-teóricas sobre a arte dramática e o fazer teatral.

A ele devemos igualmente a criação de um novo gênero, a comédia-balé, em colaboração com Jean Baptiste Lully (ou Giovanni Battista Lulli, 1632-1687), compositor italiano naturalizado francês. Em 1664 estreava no Louvre *O casamento forçado* (*Le Mariage forcé*), comédia musicada e entremeada de números de dança, em que o rei Luís XIV em pessoa, vestindo trajes egípcios, figurava entre os bailarinos do elenco. Até 1672 resultariam, dessa parceria entre Molière e Lully, seis comédias-balé que, como *O burguês fidalgo* (*Le Bourgeois Gentilhomme*, 1670), seguem sendo encenadas até os dias de hoje.

Assim é que, entre aplausos, controvérsias e polêmicas, consagrava-se Molière como o maior artista de seu tempo. E, fato inusitado na época, sobretudo para um ator, e para um autor de comédias, tornava-se um homem rico graças à sua arte. Nunca deixaria de contar, além disso, com o apoio do rei, que em 1664 aceitara ser padrinho de um de seus filhos e no ano seguinte concederia à sua companhia, junto com uma pensão, o honroso título de Troupe du Roy (Trupe do Rei).

Em 1673, estreava Molière sua última peça, *O doente imaginário* (*Le Malade imaginaire*), comédia-balé musicada por Marc-Antoine Charpentier, coreografada por Pierre Beauchamp e protagonizada por ele próprio no papel de Argan. Passou mal durante a quarta apresentação, em 17 de fevereiro, e, levado às pressas para casa, faleceu horas depois. Tinha 51 anos. Encerrava-se assim, praticamente no palco, a trajetória de um artista que dedicara a vida ao teatro e dominava à perfeição os diferentes ofícios da dramaturgia.

Por pouco não foi enterrado na fossa comum este que permanece, ainda hoje, um dos mais encenados dramaturgos ocidentais: para receber a extrema-unção e merecer uma sepultura religiosa, os atores, excomungados pela Igreja, deviam assinar previamente uma declaração renunciando "para sempre" à sua profissão. Algo que, à diferença de Madeleine Béjart, falecida em 1671, Molière não fizera. Só graças à intervenção do rei pôde ser sepultado em campo santo, mas na calada da noite, sem direito a cerimônia. Ainda assim, seu féretro foi acompanhado, à luz de tochas, por imensa multidão.

O AVARENTO

Encenada pela primeira vez em Paris no Théâtre du Palais-Royal, no dia 9 do mês de setembro de 1668 pela Trupe do Rei.

PERSONAGENS

Harpagão, pai de Cleanto e Elisa, pretendente de Mariana.
Cleanto, filho de Harpagão, apaixonado por Mariana.
Elisa, filha de Harpagão, apaixonada por Valério.
Valério, filho de Anselmo e apaixonado por Elisa.
Mariana, apaixonada por Cleanto e pretendida por Harpagão.
Anselmo, pai de Valério e Mariana.
Frosina, mulher de intrigas.
Mestre Simão, corretor.
Mestre Tiago, cozinheiro e cocheiro de Harpagão.
Flecha, lacaio de Cleanto.
Dona Cláudia, criada de Harpagão.
Pédaveia, lacaio de Harpagão.
Bacalhau, lacaio de Harpagão.
O Comissário e seu Auxiliar.

A trama se passa em Paris.

ATO I

CENA I
Valério, Elisa

Valério

Ora! Tem andado melancólica, graciosa Elisa, depois da promessa que tão gentilmente me deu? Vejo-a suspirar em meio a minha alegria. Diga-me: estará arrependida da felicidade que me deu, lamenta esse compromisso a que minha paixão a pode ter induzido?

Elisa

Não, Valério, não poderia me arrepender do que fiz. Sinto-me como arrastada por uma força incrivelmente doce, e não me animo sequer a desejar que as coisas não fossem como são. Mas, para ser-lhe sincera, assusta-me pensar no que isso vai dar, e receio amá-lo um tanto mais do que deveria.

Valério

Ora, o que tem a recear, Elisa, dos sentimentos que tem por mim?

Elisa

Mil coisas, infelizmente: a fúria de um pai, as reprimendas de uma família, as censuras da sociedade; mas receio antes de mais nada, Valério, uma mudança em seu coração e a criminosa frieza com que os membros de seu sexo retribuem, no mais das vezes, as demonstrações demasiado ardentes de um amor inocente.

Valério

Ah! Não me faça a desfeita de me julgar pelos outros. Pode acusar-me de tudo, Elisa, menos de faltar àquilo que lhe devo: amo-a demasiado, e meu amor por você há de durar minha vida inteira.

Elisa

Ah, Valério! Isso é o que todos dizem. Em palavras, todos os homens se parecem; seus atos apenas mostram suas diferenças.

Valério

Se somente os atos nos mostram tais como somos, então julgue por eles meu coração, ao invés de procurar falhas minhas nos injustos temores de um desagradável presságio. Não me torture, eu lhe peço, com os dolorosos açoites de uma cisma ultrajante, e dê-me tempo de convencê-la, com milhares e milhares de provas, da sinceridade de minha paixão.

Elisa

Com que facilidade, ai, deixamo-nos persuadir por quem amamos! Sim, Valério, julgo seu coração incapaz de me iludir. Acredito que me ama com um amor verdadeiro, e que me será fiel; disso não quero duvidar, e minha mágoa só se deve à ansiedade pela reprovação que possa vir a sofrer.

Valério

Mas por que esse desassossego?

Elisa

Eu nada teria a temer se todos o vissem como eu o vejo, e encontro em sua pessoa o suficiente para justificar o que faço por você. Em defesa de meu coração, devo dizer que ele reconhece todo o seu valor, sustentado na gratidão a que Deus me obriga em relação a você. Nunca deixo de recordar o inesperado perigo que nos levou a atentar pela primeira vez um para o outro, a espantosa generosidade que o impeliu a arriscar sua vida para salvar a minha do furor das ondas; o cuidado repleto de ternura que demonstrou depois de me tirar das águas, e as assíduas expressões deste amor ardente, que nem o tempo nem as dificuldades puderam esmorecer; deste amor que o faz negligenciar pátria e família, retendo seus passos neste lugar; que o reduz a dissimular sua real condição por minha causa, e a se sujeitar, para me ver, a ser empregado doméstico de meu pai. Tudo isso me causa, decerto, uma maravilhosa impressão; e é o que basta para justificar, aos meus olhos, o compromisso que me dispus a assumir; mas talvez não baste para legitimá-lo aos olhos dos outros, e não estou certa de que me compreendam.

Valério

Disso tudo que mencionou, somente por meu amor pretendo que veja em mim algum mérito. Quanto aos seus escrúpulos, seu próprio pai mais do que se encarrega de justificá-la aos olhos de todos: sua excessiva avareza e o modo austero como vive com os filhos já autorizam, por si só, coisas até piores. Perdoe-me, adorável Elisa, se a ele assim me refiro em sua presença, mas bem sabe que dele, nesse quesito, não há como falar bem. Enfim, se conseguir, como espero, reencontrar minha família, não deverá ser tão difícil obter seu apoio. Aguardo ansiosamente por notícias, e se demorarem demais, eu mesmo irei buscá-las.

Elisa

Ah, Valério, não se vá, eu lhe peço. Pense apenas em cair nas boas graças de meu pai.

Valério

Bem vê como tenho agido, e a que hábeis gentilezas não precisei recorrer para entrar a seu serviço; que máscara de simpatia e afinidades não visto para lhe ser agradável, e que personagem não represento diariamente diante dele a fim de granjear sua estima. Tenho feito avanços notáveis, e aprendido que, para conquistar os homens, não há caminho melhor do que assumir, aos seus olhos, seus próprios interesses, adotar suas máximas, incensar seus defeitos e aplaudir tudo que fazem. Não há que temer exagerar na gentileza; e por mais óbvio que seja nosso fingimento, até os mais espertos se deixam enganar quando entra em cena a adulação; não há nada de impróprio ou ridículo que não lhes façamos engolir, desde que temperado com elogios. A sinceridade sai um tanto chamuscada desse ofício que estou exercendo. Quando precisamos dos homens, contudo, temos de nos adequar a eles. E se somente assim podemos conquistá-los; a culpa não é de quem bajula, mas de quem quer ser bajulado.

Elisa

Por que não procura obter também o apoio de meu irmão, caso a criada resolva contar nosso segredo?

Valério

Não há como servir a dois senhores e, além disso, pai e filho têm mentalidades tão opostas que se torna difícil obter a confiança de ambos. Mas você pode, por seu lado, envolver o seu irmão e usar o afeto que os une em nosso favor. Aí vem ele, vou me retirar. Aproveite para conversar com ele, mas só revele do nosso caso o que lhe parecer conveniente.

Elisa

Não sei se tenho coragem de lhe fazer esta confidência.

CENA II
Cleanto, Elisa

Cleanto

Alegra-me encontrá-la a sós, minha irmã; estava mesmo ansiando por conversar, quero lhe contar um segredo.

Elisa

Sou toda ouvidos, meu irmão. O que tem para me dizer?

Cleanto

Muitas coisas, minha irmã, mas cabem todas em duas palavras: estou amando.

Elisa

Amando?

Cleanto

Sim, amando. Mas, antes de prosseguir, sei que dependo de meu pai, e que a condição de filho me submete à sua vontade; que não nos é dado empenhar nossa palavra sem o consentimento desses que nos deram à luz; que Deus os fez senhores de nossos sentimentos, e nos obriga a deles dispor somente sob sua orientação; que, por não serem movidos por uma ardente emoção, serão menos passíveis de engano e mais aptos a perceber o que é próprio para nós; que mais vale acreditar nas luzes de sua sensatez que na cegueira de nossa paixão; e que o arroubo da juventude nos joga, o mais das vezes, em perigosos abismos. Digo isso tudo, minha irmã, para que não se dê ao esforço de dizê-lo, uma vez que meu amor nada quer escutar. E peço-lhe que não me venha com repreensões.

Elisa

Você se comprometeu, meu irmão, com essa mulher que ama?

Cleanto

Não, mas estou decidido a fazê-lo. E peço, mais uma vez, que não venha com argumentos para me dissuadir.

Elisa

Será que sou tão pouco compreensiva assim, meu irmão?

Cleanto

Não minha irmã; mas não está amando: desconhece a doce violência do amor em nossos corações, e receio a sua sensatez.

Elisa

Ai, meu irmão, melhor não falar em sensatez. Não há quem dela não careça, ao menos uma vez na vida! E se eu lhe abrisse meu coração, talvez ainda me tornasse aos seus olhos bem menos sensata que você.

Cleanto

Ah! Queira Deus que sua alma, assim como a minha...

Elisa

Mas antes termine de contar-me o seu caso, diga-me a quem está amando.

Cleanto

A uma moça que se mudou recentemente para este bairro, e parece ter nascido para despertar amor em quem a vê. Minha irmã, a natureza não criou nada mais digno de ser amado; senti-me arrebatado desde o instante em que a vi. Chama-se Mariana, e vive em companhia de uma mãe idosa, a qual está quase sempre doente, e por quem a amável moça nutre uma afeição que nem se imagina. Cuida, compadece, consola, com um carinho de tocar o coração. Põe toda a lindeza do mundo em tudo que faz, e em cada um de seus gestos brilham mil encantos: uma graciosa doçura, uma envolvente bondade, um adorável recato, uma... Ah, minha irmã, como queria que a conhecesse.

Elisa

Já muito a conheço, meu irmão, pelo tanto que me diz sobre ela. E para saber como ela é, basta-me saber que a ama.

Cleanto

Descobri secretamente que não são muito abastadas e que, embora vivam modestamente, os parcos recursos de que dispõem mal conseguem suprir suas necessidades. Imagine, minha irmã, a alegria de poder melhorar a situação de alguém que amamos, de contribuir discretamente para sanar as módicas carências de uma família virtuosa; e avalie minha frustração ao me ver, pela avareza de um pai, impedido de viver essa alegria e de oferecer a essa linda moça um testemunho de meu amor.

Elisa

Sim, meu irmão, posso avaliar sua tristeza.

Cleanto

Ah, minha irmã! É bem maior do que imagina. Afinal, existe algo mais cruel que essa rígida economia que meu pai nos impõe, essa terrível austeridade em que ele nos deixa à míngua? E de que adianta termos fortuna, se só será nossa depois de passarmos da melhor idade de usufruí-la, e se atualmente, só para me manter, tenho de me endividar por todo lado? Se, tal como você, estou reduzido a apelar diariamente à boa vontade dos comerciantes para poder me vestir decentemente? Enfim, pensei em pedir que me ajude a sondar meu pai quanto aos meus sentimentos. E caso ele não aprove, estou decidido a partir para outras terras com essa amável moça e viver o destino que Deus nos reservar. Estou tratando, para tanto, de obter um empréstimo. E se o seu caso, minha irmã, for semelhante ao meu, se nosso pai afinal se opuser aos nossos anseios, vamos então, os dois, abandoná-lo, libertar-nos da tirania a que sua insuportável avareza vem há tanto tempo nos sujeitando.

Elisa

É bem verdade que ele nos dá, a cada dia que passa, mais motivos para lamentar a morte de nossa mãe, e que...

Cleanto

Estou ouvindo sua voz. Vamos nos afastar um pouco para terminar de trocar nossos segredos e, depois, unir nossas forças para enfrentar a dureza de seu caráter.

CENA III
Harpagão, Flecha

Harpagão
Saia imediatamente, e sem discussão. Vamos, fora da minha casa, seu malandro juramentado, seu legítimo facínora.

Flecha, *à parte*
Nunca vi ninguém tão ruim como esse maldito velho e, salvo engano, acho que ele tem o diabo no corpo.

Harpagão
O que está aí resmungando?

Flecha
Por que está me enxotando?

Harpagão
E é você quem pergunta, seu pilantra? Ponha-se daqui para fora, antes que eu lhe dê uma surra.

Flecha
O que foi que eu lhe fiz?

Harpagão
Fez-me querer que você saia.

Flecha
Seu filho, o meu patrão, mandou que eu esperasse por ele aqui.

Harpagão
Pois vá esperá-lo lá fora e não fique aí plantado dentro da minha casa feito uma estaca, reparando no que acontece e se aproveitando de tudo. Não quero na minha frente, o tempo todo, um espião dos meus negócios, um traidor, com esses malditos olhos vigiando todos os meus gestos, devorando tudo que tenho, e bisbilhotando em todo canto para ver se não há nada para roubar.

Flecha
E como, diacho, acha possível alguém roubá-lo? O senhor lá é um homem roubável, do jeito que deixa tudo trancado e monta guarda dia e noite?

Harpagão
Deixo trancado o que eu quiser, e monto guarda como bem entender. Você não seria, por acaso, um desses espiões que atentam para tudo que a gente faz? [*À parte.*] Meu medo é ele ter percebido alguma coisa sobre o meu dinheiro. [*Em voz alta.*] E não seria bem capaz de espalhar por aí que eu guardo dinheiro escondido em casa?

Flecha

O senhor guarda dinheiro escondido em casa?

Harpagão

Não, seu safado, eu não disse isso. [*À parte.*] Que raiva! [*Em voz alta.*] Só perguntei se você não era capaz de maldosamente espalhar por aí que eu guardo.

Flecha

Ei! Que diferença faz o senhor guardar dinheiro em casa ou não, se para nós dá na mesma?

Harpagão

E é respondão ainda por cima. Ainda lhe arranco as orelhas por essa. [*Levanta a mão para lhe dar uma bofetada.*] Mais uma vez: saia daqui.

Flecha

Está bem. Já estou saindo.

Harpagão

Espere. Não está me levando nada?

Flecha

O que eu podia estar levando?

Harpagão

Venha cá, deixe ver. Mostre suas mãos.

####### FLECHA

Aqui estão.

####### HARPAGÃO

As outras também.

####### FLECHA

As outras?

####### HARPAGÃO

É.

####### FLECHA

Aqui estão.

####### HARPAGÃO

Você não pôs nada aí dentro?

####### FLECHA

Veja por si mesmo.

####### HARPAGÃO, *apalpando a parte inferior dos calções de Flecha*

Esses calções largos são muito apropriados para receptar objetos roubados; queria que se enforcasse alguém por isso.

Flecha, *à parte*

Ah! Um homem desses bem que merecia passar pelo que tanto teme! Que prazer eu não teria em roubá-lo!

Harpagão

Hã?

Flecha

O que foi?

Harpagão

Você falou em roubar?

Flecha

Falei que o senhor está revistando tudo direitinho para ver se não roubei nada.

Harpagão

É essa a minha intenção.
E vasculha os bolsos de Flecha.

Flecha, *à parte*

Que vão para o diabo que os carregue, a avareza e os avarentos!

Harpagão

Como? O que disse?

Flecha
O que eu disse?

Harpagão
É: o que você disse sobre a avareza e os avarentos?

Flecha
Disse: Que vão para o diabo que os carregue, a avareza e os avarentos.

Harpagão
A quem está se referindo?

Flecha
Aos avarentos.

Harpagão
E quem são esses avarentos?

Flecha
Uns tacanhos e uns muquiranas.

Harpagão
O que quer dizer com isso?

Flecha
Por que quer saber?

Harpagão
Quero saber o que devo saber.

Flecha
Acha que me referia ao senhor?

Harpagão
Eu acho aquilo que acho; mas quero que me explique com quem estava falando ao dizer isso.

Flecha
Estava falando... com o meu gorro.

Harpagão
Pois eu bem que daria uns sopapos nesse seu gorro.

Flecha
Quer me impedir de amaldiçoar os avarentos?

Harpagão
Não; mas vou impedir que seja futriqueiro e insolente. Cale essa boca.

Flecha
Eu não mencionei ninguém.

Harpagão
Se mencionar, dou-lhe uma sova.

Flecha
A quem couber a carapuça, que a enfie.

Harpagão
Vai calar essa boca ou não vai?

Flecha
Vou, contra a vontade.

Harpagão
Ha, ha!

Flecha, *mostrando um dos bolsos do gibão*
Veja, aqui tem mais um bolso. Está satisfeito?

Harpagão
Vamos, devolva sem eu ter que revistar.

Flecha
Devolver o quê?

Harpagão
O que você me tirou.

Flecha

Eu não lhe tirei nada.

Harpagão

Mesmo?

Flecha

Mesmo.

Harpagão

Adeus, vá para o diabo.

La Flecha

Isso é que é ser bem dispensado.

Harpagão

Tenho certeza de que um roubo, pelo menos, ele carrega na consciência. Está aí um lacaio pilantra que muito me incomoda. Não gosto nem de olhar para esse cachorro manco.

CENA IV
Elisa, Cleanto, Harpagão

Harpagão

É certo que dá a maior trabalheira manter em casa uma quantia grande de dinheiro; feliz de quem tem sua fortuna bem aplicada, e só guarda consigo o necessário para as despesas. Não é nada fácil achar um esconderijo seguro dentro de uma casa. Porque não quero recorrer a cofres-fortes, tenho para mim que não são confiáveis: são uma autêntica isca para os ladrões, justamente a primeira coisa que sempre irão procurar. Não sei se fiz bem, contudo, de enterrar no jardim os dez mil escudos que um devedor devolveu ontem. Dez mil escudos de ouro em casa é uma quantia bastante...

Nisso surgem os dois irmãos, conversando em voz baixa.

Ó céus! Denunciei a mim mesmo: levado pelo entusiasmo, acho que acabei falando alto ao pensar com meus botões. O que foi?

Cleanto
Nada, meu pai.

Harpagão
Faz tempo que estão aí?

ELISA
Acabamos de entrar.

HARPAGÃO
Vocês ouviram...

CLEANTO
O que, meu pai?

HARPAGÃO
Isso...

ELISA
Isso quê?

HARPAGÃO
Isso que acabei de falar.

CLEANTO
Não.

HARPAGÃO
Ouviram, ouviram sim.

ELISA
Não, se me permite.

Harpagão

Bem vejo que ouviram umas poucas palavras. É que eu estava aqui comentando comigo mesmo sobre a dificuldade que é conseguir dinheiro hoje em dia, e dizia que feliz é quem pode guardar dez mil escudos em casa.

Cleanto

Hesitamos em nos aproximar, por medo de interrompê-lo.

Harpagão

Faço questão de esclarecer, para que não confundam as coisas e achem que eu estava dizendo que quem tinha dez mil escudos era eu.

Cleanto

Nós não nos metemos nos seus negócios.

Harpagão

Quisera Deus que eu tivesse dez mil escudos!

Cleanto

Não acho...

Harpagão

Seria muito bom para mim.

Elisa
São coisas...

Harpagão
Eu bem que estaria precisando.

Cleanto
Acredito que...

Harpagão
Viria muito a calhar.

Elisa
O senhor...

Harpagão
Assim não ficaria me queixando, como me queixo, dos tempos miseráveis em que vivemos.

Cleanto
Valha-me Deus, meu pai! Não tem motivos para se queixar, sabemos que tem muitas posses.

Harpagão
Como assim, tenho muitas posses? Quem diz isso está mentindo. Não existe mentira maior, e os que andam espalhando esse boato são uns safados.

Elisa

Não fique bravo.

Harpagão

Que coisa terrível, meus próprios filhos me traindo e virando meus inimigos!

Cleanto

Dizer que o senhor tem posses é ser seu inimigo?

Harpagão

É. Por conversas como essa, e por tudo que vocês gastam, é que ainda vai me aparecer alguém para me cortar a garganta, dia desses, achando que estou forrado de pistolas.*

Cleanto

Mas no que é que eu tanto gasto?

Harpagão

No quê? Pode haver algo mais escandaloso que esses trajes suntuosos que saem ostentando pela cidade? Ontem ainda ralhei com sua irmã. Isso é mais que escandaloso, é clamar por vingança divina. Só de olhar para vocês dos pés à cabeça, vê-se o suficiente para um bom investimento. Já disse mais de vinte vezes, meu

---

* Guardar moedas de ouro no forro da roupa, ou, por extensão, ser extremamente rico. (N.E.)

filho, que esses seus modos muito me aborrecem: quer ridiculamente bancar o marquês e, para andar vestido dessa maneira, só pode estar me roubando.

Cleanto

Ei! Como assim, roubando?

Harpagão

Sei lá! Mas como consegue pagar por essas roupas que usa?

Cleanto

Eu, meu pai? Acontece que eu jogo; e como tenho muita sorte, visto todo o dinheiro que ganho.

Harpagão

Pois faz muito mal. Se tem sorte no jogo, devia aproveitar para investir adequadamente o que ganha, de modo a um dia poder contar com esse dinheiro. Eu só queria saber, sem falar no resto todo, para que servem essas fitas com que anda enfeitado da cabeça aos pés, e se meia-dúzia de agulhetas* não bastam para prender seus calções? Não vejo a necessidade de gastar dinheiro em perucas, sendo que pode usar o próprio cabelo, que não custa nada. Aposto que, entre

---

* *Agulhetas* eram cadarços que prendiam os calções ao gibão. A moda era então ocultá-los com uma quantidade de fitas. As agulhetas à vista são sinal de um descaso pela moda motivado por uma mentalidade retrógrada ou por sovinice. (N.E.)

fitas e peruca, tem aí pelo menos vinte pistolas; e vinte pistolas rendem, ao ano, dezoito libras, seis soldos e oito denários, e isso só no "um por doze".

Cleanto

O senhor tem razão.

Harpagão

Mas vamos deixar isso para lá e falar de outro assunto. Hã? [*À parte, em voz baixa.*] Parece que estão fazendo sinais um para o outro para roubar minha bolsa. [*Em voz alta.*] O que significam esses gestos?

Elisa

Meu irmão e eu estamos combinando quem vai falar em primeiro. Pois temos, ambos, algo para lhe dizer.

Harpagão

Eu também tenho algo para dizer aos dois.

Cleanto

Meu pai, é de casamento que queremos falar.

Harpagão

E é também de casamento que quero conversar com vocês.

Elisa

Ah, meu pai!

Harpagão

Por que esse grito? O que a assusta, minha filha, a palavra ou a coisa em si?

Cleanto

Casamento pode assustar a nós dois, dependendo do modo como o senhor o entende. Temos o receio de nossos sentimentos não se acordarem com sua escolha.

Harpagão

Tenham um pouco de paciência. Não se apavorem. Eu sei o que é melhor para vocês, e nem um nem outra terá motivo de queixa quanto ao que pretendo fazer. E, para começar por um dos fios da meada, me digam: vocês acaso já viram uma moça, chamada Mariana, que mora não muito longe daqui?

Cleanto

Sim, meu pai.

Harpagão

E você?

ELISA
Já ouvi falar.

HARPAGÃO
O que acha dessa moça, meu filho?

CLEANTO
É encantadora.

HARPAGÃO
Sua fisionomia?

CLEANTO
Muito sincera e sagaz.

HARPAGÃO
Seus modos e sua aparência?

CLEANTO
Admiráveis, sem dúvida.

HARPAGÃO
Não acha que uma moça assim bem merece que se pense nela?

CLEANTO
Sim, meu pai.

Harpagão
Que seria um partido interessante?

Cleanto
Muito interessante.

Harpagão
Que tem todo o jeito de ser de bom convívio?

Cleanto
Sem dúvida nenhuma.

Harpagão
E que faria a satisfação de um marido?

Cleanto
Seguramente.

Harpagão
Existe um pequeno problema: receio que não possa oferecer os bens que desejaríamos.

Cleanto
Ah, meu pai, bens materiais não têm tanta importância quando se trata de desposar uma boa moça.

Harpagão

Pois, sim. Pois, sim. Devo dizer também que a falta de bens desses bens que gostaríamos pode ser compensada com alguma outra coisa.

Cleanto

Naturalmente.

Harpagão

Enfim, muito me alegra ver que partilha da minha opinião; pois a meiguice dessa moça e seus modos discretos conquistaram minha alma, e estou determinado a casar-me com ela, desde que disponha de algum bem.

Cleanto

Hã?

Harpagão

Como?

Cleanto

O senhor disse que está determinado a...?

Harpagão

A casar-me com Mariana.

Cleanto

Quem, o senhor? O senhor?

Harpagão

Sim, eu, eu, eu. O que significa isso?

Cleanto

Estou sentindo uma súbita vertigem. Vou me retirar.

Harpagão

Não há de ser nada. Vá até a cozinha e tome um copo grande de água fresca. Esses janotas delicados são fracos como franguinhos. E é isso, minha filha, o que decidi quanto a mim. Quanto ao seu irmão, destino-lhe certa viúva de que vieram falar-me pela manhã. E quanto a você, vou dá-la ao senhor Anselmo.

Elisa

Ao senhor Anselmo?

Harpagão

Sim, um homem maduro, sábio e ponderado. Não tem mais de cinquenta anos, e dizem que possui imensa fortuna.

ELISA, *fazendo uma reverência*

Meu pai, por favor, não quero me casar.

HARPAGÃO, *arremedando a reverência*

E eu, minha filhinha, minha menina, quero, por favor, que você se case.

ELISA

Perdão, meu pai.

HARPAGÃO

Perdão, minha filha.

ELISA

Sou a mui humilde criada do senhor Anselmo; mas, se me permite, não vou me casar com ele.

HARPAGÃO

E eu sou seu mui humilde lacaio; mas, se me permite, vai casar-se com ele ainda esta noite.

ELISA

Ainda esta noite?

HARPAGÃO

Ainda esta noite.

Elisa

Isso não há de ser, meu pai.

Harpagão

Há de ser, sim, minha filha.

Elisa

Não.

Harpagão

Sim.

Elisa

Eu disse que não.

Harpagão

Eu disse que sim.

Elisa

Está aí uma coisa a que não irá me obrigar.

Harpagão

Está aí uma coisa a que irei obrigá-la.

Elisa

Antes me matar que me casar com tal marido.

Harpagão

Não vai se matar, e vai casar-se com ele. Vejam só que atrevimento! Onde já se viu uma filha falar com o pai dessa maneira?

Elisa

E onde já se viu um pai casar a filha dessa maneira?

Harpagão

É um partido a que não há o que repor; e aposto como todo mundo vai aprovar minha escolha.

Elisa

E eu aposto como nenhuma pessoa sensata seria capaz de aprová-la.

Harpagão

Aí vem Valério: quer que lhe peçamos para ser o juiz desse caso?

Elisa

Aceito.

Harpagão

Você vai acatar seu julgamento?

Elisa

Sim, vou fiar-me ao que ele disser.

####### HARPAGÃO

Então está resolvido.

CENA V
VALÉRIO, HARPAGÃO, ELISA

####### HARPAGÃO

Valério, venha cá. Você foi escolhido para nos dizer quem, se eu ou minha filha, está com a razão.

####### VALÉRIO

É o senhor, sem sombra de dúvida.

####### HARPAGÃO

Sabe do que estamos falando?

####### VALÉRIO

Não, mas o senhor não pode estar errado, é a razão em pessoa.

####### HARPAGÃO

Quero, ainda esta noite, dar a ela por esposo um homem rico e sábio; e a danada diz nas minhas fuças que se nega a aceitá-lo. O que me diz disso?

Valério

O que eu digo?

Harpagão

É.

Valério

Eh, eh.

Harpagão

Como?

Valério

Digo que, no fundo, partilho de sua opinião. O senhor não pode não ter razão. Mas tampouco ela está totalmente errada, e...

Harpagão

Como? O senhor Anselmo é um excelente partido, é um cavalheiro distinto, sério, gentil, sensato e muito cordato, e a quem não resta nenhum filho de seu primeiro casamento. O que ela poderia encontrar de melhor?

Valério

É verdade. Mas ela poderia alegar que isso tudo é um pouco precipitado, que pelo menos precisa de algum tempo para ver se seus sentimentos conformam com...

####### HARPAGÃO

Uma oportunidade dessas se agarra logo pelos cabelos. Há nela vantagens que não haverá em mais nenhuma. E ele ainda se dispõe a aceitá-la sem dote.

####### VALÉRIO

Sem dote?

####### HARPAGÃO

É.

####### VALÉRIO

Ah, então não digo mais nada. Esse é, de fato, um argumento dos mais convincentes: há que se render a ele.

####### HARPAGÃO

Isso significa para mim uma economia considerável.

####### VALÉRIO

Seguramente, não há como negar. Verdade que sua filha poderia alegar que casamento é um assunto mais sério do que se poderia supor; que envolve ser feliz ou infeliz pelo resto da vida; e que um compromisso que deve durar até a morte sempre deve ser assumido com imenso cuidado.

Harpagão

Sem dote.

Valério

O senhor tem razão: esse é, decerto, um ponto decisivo. Há quem talvez diga que, num caso como este, o gosto da moça é decerto um aspecto a ser levado em conta, e que muita diferença de idade, de índole e sentimentos pode expor um casamento a situações desagradáveis.

Harpagão

Sem dote.

Valério

Diante disso, sabemos, não há o que retorquir. Quem, diachos, seria capaz de contestar? Não que não existam muitos pais que preferem poupar os sentimentos da filha, e não o dinheiro que terão de oferecer; pais que, ao invés de sacrificá-la aos seus próprios interesses, visam levar a um casamento, antes de mais nada, a doce afinidade que lhe garante dignidade, paz e alegria, e que...

Harpagão

Sem dote.

Valério

É verdade, isso cala a boca de qualquer um: *sem dote*. Como resistir a um tão bom motivo?

Harpagão, *olhando para o jardim*

Ué! Tive a impressão de ouvir um cachorro latindo. Será que há alguém atrás do meu dinheiro? Não saiam daqui, eu já volto.

Elisa

Valério, o que deu em você para falar com ele dessa maneira?

Valério

Não quis aborrecê-lo, para melhor poder enfrentá-lo. Bater de frente com suas opiniões é a forma mais segura de pôr tudo a perder. Com certas pessoas só se pode lidar pela artimanha. São temperamentos avessos à contrariedade, índoles arredias que se insurgem com a verdade, retesam-se frente ao reto caminho da razão, e que só a custo de muitos rodeios conseguimos levar aonde queremos. Finja concordar com o que ele quer e será mais fácil alcançar seu objetivo, e...

Elisa
Mas, Valério, e esse tal casamento?

Valério
Vamos encontrar um jeito de impedi-lo.

Elisa
Mas como, se deve se realizar ainda esta noite?

Valério
Você pede que seja adiado, finja que está doente.

Elisa
Mas se os médicos forem chamados, vão descobrir que é fingimento.

Valério
Está caçoando? E os médicos lá sabem alguma coisa? Ora, pode ter a enfermidade que quiser, eles sempre darão um jeito de explicar a causa.

Harpagão, *retornando, à parte*
Graças a Deus, não era nada.

Valério
Enfim, em último caso, temos o recurso da fuga para nos pôr a salvo de tudo. Se o seu amor, linda Elisa, é capaz de firmeza... [*Ele avista Harpagão.*] Uma

moça deve, sim, obediência ao seu pai. Não pode ficar reparando no marido, e quando se apresenta o argumento maior do *sem dote*, deve dispor-se a aceitar o que lhe é oferecido.

Harpagão

Ótimo. Muito bem dito.

Valério

Perdoe-me, senhor, se me exaltei um pouco e atrevi-me a falar com sua filha desta forma.

Harpagão

Quê? Estou muito satisfeito, e quero que tenha sobre ela um poder absoluto. Sim, não adianta se esquivar, dou a ele a autoridade que Deus me deu sobre você, e exijo que faça tudo que ele mandar.

Valério

Ouse, depois disso, rejeitar minhas advertências! Vou acompanhá-la, senhor, assim poderemos prosseguir com as lições que estava aqui a lhe dar.

Harpagão

Sim, será um favor. Claro...

Valério

É bom não deixá-la com a rédea muito solta.

Harpagão
Isso é verdade. Temos de...

Valério
Não se preocupe. Acho que posso dar conta.

Harpagão
Faça isso. Preciso ir à cidade, volto mais tarde.

Valério
Sim, o dinheiro é mais precioso que qualquer outra coisa no mundo, e a senhorita deve dar graças pelo homem honrado que Deus lhe deu por pai. Um pai que sabe como é a vida. Quando alguém se dispõe a aceitar uma moça sem dote, não dá para se querer mais nada. Está tudo aí: o *sem dote* substitui a beleza, a juventude, o berço, a honradez, a sensatez e a probidade.

Harpagão
Ah, meu bravo rapaz! Falou como um oráculo. Feliz de quem pode ter um empregado deste tipo!

ATO II

CENA I
Cleanto, Flecha

Cleanto

Ah, seu traidor, aonde veio se meter? Eu não tinha dado ordens para...

Flecha

Tinha, sim, senhor, e eu vim aqui para lhe esperar a pé firme; mas o senhor seu pai, o homem mais grosseiro que há, me pôs para fora contra a minha vontade. Até tive de correr para não apanhar.

Cleanto

E quanto àquele nosso assunto? A situação está mais premente que nunca. Desde que nos vimos, descobri que meu pai é meu rival.

Flecha

Seu pai, apaixonado?

Cleanto

Sim; e só a custo consegui disfarçar minha perturbação ao saber da notícia.

Flecha

Seu pai! Metendo-se a amar! Que diabos o morderam? E o amor, por acaso, foi feito para gente igual a ele?

Cleanto

Pois é, pelos meus pecados, ele agora me vem com essa paixão.

Flecha

E o senhor, por que lhe guardou segredo do seu amor?

Cleanto

Para não despertar suas suspeitas, e ter assim mais liberdade para tentar impedir esse casamento, se for o caso. Qual foi a resposta que lhe deram?

Flecha

Arre, patrão, infeliz de quem pede empréstimo! Tem de engolir cada coisa terrível quem se vê, como o senhor, reduzido a passar pelas mãos dos agiotas.

Cleanto

O negócio, então, não vai ser fechado?

Flecha

Pois sim. Mestre Simão, o corretor que nos indicaram, um homem competente e cheio de zelo, diz que se desdobrou pelo senhor; diz que já se deixou conquistar só por sua fisionomia.

Cleanto

Vou conseguir os quinze mil francos que estou pedindo?

Flecha

Sim, mas sob pequenas condições, que terá de aceitar se quiser que as coisas aconteçam.

Cleanto

Ele o levou até o homem que deve emprestar o dinheiro?

Flecha

Ah, não é bem assim que funciona. Esse homem se esconde ainda mais que o senhor, há nisso tudo muito mais mistérios do que pode imaginar. O corretor não quer dizer seu nome de jeito nenhum, mas pretende colocá-los em contato ainda hoje, em alguma casa emprestada, para que ele se inteire, de sua própria boca, sobre suas posses e sua família; não tenho dúvida de que a mera menção ao nome de seu pai irá facilitar bastante as coisas.

Cleanto

E o fato, principalmente, de minha mãe ser falecida e sua fortuna não me poder ser tirada.

Flecha

Eis aqui algumas cláusulas que ele próprio ditou ao nosso intermediário, para lhe serem apresentadas antes de qualquer coisa:

Supondo-se que o emprestador apresente todas as garantias exigidas, e que o requerente seja maior de idade, de uma família de posses amplas, sólidas, certas, claras, e livres de qualquer empecilho, será firmada obrigação legítima e reconhecida perante um tabelião, o mais honesto que houver, o qual será, para tanto, escolhido pelo emprestador, que é a quem mais importa que seja o auto devidamente lavrado.

Cleanto

Quanto a isso, não há o que objetar.

Flecha

O emprestador, para que não pese em sua consciência nenhum escrúpulo, pretende oferecer-lhe seu dinheiro a somente um por dezoito.*

---

* 5,5 por cento. (N.E.)

Cleanto

Um por dezoito? Cáspite! É bastante decente. Não há do que se queixar.

Flecha

É verdade.
Como, porém, o referido emprestador não dispõe em casa da quantia em questão e, para obsequiar o requerente, vê-se ele próprio obrigado a tomá-lo de empréstimo com um terceiro, à razão de um por cinco*, convém que o referido primeiro requerente pague esses juros, sem prejuízo do restante, uma vez que é tão somente para obsequiá-lo que o referido emprestador irá contrair este empréstimo.

Cleanto

Como assim, diacho? Que judeu, que árabe é esse? Isso é mais do que um por quatro.**

Flecha

Pois então. Foi o que eu disse. O senhor vai ter que pensar bem.

---

* Vinte por cento. (N.E.)
** Cleanto vai pagar 5,5 por cento ao primeiro emprestador, mais 20 por cento à pessoa com quem esse emprestador tratou por sua vez, ou seja, 25,5 por cento. *O denier quatre* [um por quatro] corresponderia a apenas 25 por cento. (N.E.)

Cleanto

E o que eu tenho para pensar? Preciso do dinheiro, só me resta concordar com tudo.

Flecha

Foi essa a resposta que dei.

Cleanto

Há mais alguma coisa?

Flecha

Só mais uma pequena cláusula.

Dos quinze mil francos pedidos, o emprestador poderá fornecer em dinheiro apenas doze mil libras, sendo que para os mil escudos restantes, o requerente deverá aceitar vestimentas, joias e atavios conforme o descritivo a seguir, os quais foram, pelo referido emprestador, de boa-fé avaliados ao preço mais módico que lhe foi possível.

Cleanto

O que significa isso?

Flecha

Escute o que diz o descritivo.

Primeiramente, uma cama de quatro pés, com tiras elegantemente bordadas em ponto de Hungria, aplicadas sobre um lençol cor de oliva, com seis cadeiras e a colcha igualmente, tudo em ótimas condições, e forrado com um pequeno tafetá furta-cor azul e vermelho.

Mais um pavilhão de cauda, em boa sarja de Aumale cor-de-rosa seca e as franjas de seda.

Cleanto

E eu faria o que com essas coisas?

Flecha

Espere.
Mais uma peça de tapeçaria representando os amores de Gombaut e Macée.

Mais uma mesa grande de nogueira, com doze colunas e pilares torneados, que se puxa pelas duas pontas, e que acompanham seis tamboretes.

Cleanto

Arre! Mas o que eu...?

Flecha

Só mais um pouco de paciência.
Mais três mosquetes grandes, todos ornados com nácar de pérola, com as três forquilhas combinando.

Mais um forno de tijolos, com duas retortas e três recipientes, muito úteis para aqueles interessados em destilar.

Cleanto

Que raiva!

Flecha

Calma.

Mais um alaúde de Bolonha, com todas as cordas, ou quase.

Mais um jogo de bolas, e um jogo de tabuleiro inspirado nos gregos, ambos muito apropriados para se passar o tempo quando não se tem nada a fazer.

Mais uma pele de lagarto de três pés e meio* forrada de feno, aprazível curiosidade para se pendurar no teto do quarto.

O conjunto supracitado vale honestamente mais de quatro mil e quinhentas libras, e foi reduzido ao valor de mil escudos por discernimento do emprestador.

Cleanto

Que a peste carregue esse traidor, esse carrasco, ele e o seu discernimento! Onde já se viu agiotagem igual? E não satisfeito com os juros insanos que me cobra, ainda quer me obrigar a levar, por três mil libras, as quinquilharias que anda juntando por aí? Não consigo, por isso tudo, nem duzentos escudos. Mas só me resta concordar, já que este canalha tem poder para me impor o que bem quiser: está com o punhal na minha garganta.

---

* Cerca de 1,1 metro. O pé equivale a mais ou menos 31 centímetros. (N.T.)

Flecha

Patrão, sem querer ofendê-lo, vejo-o trilhar o mesmo caminho que trilhou Panúrgio* ao se arruinar, pegando dinheiro adiantado, comprando caro, vendendo barato e gastando por conta.

Cleanto

O que posso fazer? Eis a que são reduzidos os jovens, pela maldita avareza dos pais. Depois ainda se espantam quando os filhos desejam que eles morram.

Flecha

Vamos admitir que essa tacanhice do seu pai é de tirar do sério o mais ponderado dos homens. Eu, graças a Deus, não tenho a menor atração pela forca; quando vejo meus colegas se metendo em trampolinices, sei tirar o meu da reta e me safar com cautela de qualquer confusão que cheire minimamente a escada**; mas, para lhe ser bem sincero, seu pai, com esses modos dele, ainda é capaz de me tentar a roubá-lo e a achar que estaria, com isso, cumprindo uma ação louvável.

Cleanto

Passe-me o descritivo para eu dar mais uma olhada.

---

* Panúrgio: personagem do autor francês François Rabelais (1483 ou 1494-1553), presente em várias de suas obras (N.T.)
** Referência à escada que conduz o condenado à forca. (N.T.)

CENA II
MESTRE SIMÃO, HARPAGÃO, CLEANTO, FLECHA

MESTRE SIMÃO

Sim, senhor, trata-se de um jovem precisado de dinheiro. Tem pressa em conseguir algum e irá acatar todas as suas exigências.

HARPAGÃO

Mas acha mesmo, mestre Simão, que não haveria risco nenhum? Acaso conhece o nome, as posses, a família desse jovem?

MESTRE SIMÃO

Não, não posso fornecer maiores detalhes, já que cheguei a ele por puro acaso. Mas vai ele mesmo prestar-lhe todos os esclarecimentos. O lacaio me assegurou que o senhor ficaria satisfeito ao conhecê-lo. Só sei dizer que é de família muito rica, que já não tem mãe, e que se compromete, se o senhor assim desejar, a que seu pai morra dentro de oito meses.

HARPAGÃO

Já é alguma coisa. A caridade, mestre Simão, obriga-nos a obsequiar as pessoas quando é de nosso alcance.

Mestre Simão

Naturalmente.

Flecha, *a Cleanto, em voz baixa*

O que significa isso? Nosso mestre Simão conversando com seu pai.

Cleanto, *a Flecha, em voz baixa*

Será que alguém disse a ele quem eu era? Você seria capaz de me trair?

Mestre Simão

Ah! Ah! Que pressa a sua! Quem disse que o encontro seria aqui nesta casa? [*A Harpagão.*] Não fui eu, meu senhor, quem lhe informou seu nome e endereço. Mas não creio que isso nos traga maiores problemas. Trata-se de pessoas discretas, e aqui poderão conversar à vontade.

Harpagão

Como assim?

Mestre Simão

Este senhor é a pessoa de quem lhe falei, que quer pedir-lhe quinze mil libras emprestadas.

Harpagão

Como, seu pilantra? É você quem se entrega a esses deploráveis extremos?

Cleanto

Como, meu pai? É o senhor quem se dedica a esses atos vergonhosos?
[*Saem Flecha e Mestre Simão*]

Harpagão

É você quem quer me arruinar com tão condenáveis empréstimos?

Cleanto

É o senhor que tenta enriquecer com tão criminosas usuras?

Harpagão

Atreva-se, depois disso, a aparecer na minha frente!

Cleanto

E o senhor vai se atrever, depois disso, a aparecer na frente de todos?

Harpagão

Não tem vergonha, me diga, de chegar a este ponto de devassidão? De se arruinar em gastos medonhos? De dilapidar vergonhosamente o patrimônio amealhado por seus pais à custa de tanto suor?

Cleanto

Não se acanha em desonrar sua posição com esses negócios escusos? Em sacrificar seu prestígio e reputação a esse insaciável desejo de empilhar escudo sobre escudo, e ainda lançar mão, para ampliar seus lucros, das mais infames ardilezas já arquitetadas pelos mais famosos usurários?

Harpagão

Suma da minha frente, safado! Suma da minha frente!

Cleanto

Quem, na sua opinião, é mais criminoso: quem compra um dinheiro de que está precisado, ou quem rouba um dinheiro que não lhe faz falta?

Harpagão

Fora daqui, já disse, e não me azucrine os ouvidos. [*A sós.*] Essa história não me desagrada de todo: serve de alerta para eu ficar, mais que nunca, de olho no que ele faz.

CENA III
FROSINA, HARPAGÃO

FROSINA
Senhor...

HARPAGÃO
Espere um instante, volto em seguida para falar com você. [*À parte.*] Convém eu ir dar uma olhadinha no meu dinheiro.

CENA IV
FLECHA, FROSINA

FLECHA
Muito estranha essa história. Ele deve manter em algum lugar um estoque imenso de quinquilharias, já que nunca nada vi nesta casa do que consta no tal descritivo.

FROSINA
Ei! É você, meu caro Flecha? A que devo este encontro?

FLECHA
Ah, é você, Frosina. O que faz por aqui?

Frosina

O que faço em todo lugar: intermediar negócios, obsequiar as pessoas, e tirar o melhor proveito dos pequenos talentos que porventura tenha. Para se viver neste mundo há que ter muita manha, você sabe, e para gente como eu, Deus deu a intriga e a esperteza por única fonte de renda.

Flecha

Você tem algum assunto com o dono desta casa?

Frosina

Sim, estou intermediando para ele um pequeno negócio, do que espero tirar alguma recompensa.

Flecha

Dele? Arre! Só sendo muito ardilosa para arrancar alguma coisa. Vou lhe avisando desde já: dinheiro, nesta casa, custa muito caro.

Frosina

Certos favores são muitíssimo bem pagos.

Flecha

Concordo humildemente, mas você ainda não conhece Seu Harpagão. Seu Harpagão é, de todos os seres humanos, o menos humano, e de todos os mortais, o mais duro e inflexível. Não há favor que ative sua gratidão a ponto de ele abrir a mão. Terá elogios, estima, boas palavras e amizade à vontade; mas dinheiro, nem pensar. Nada é tão seco e árido como suas finezas e agrados; e *dar* é uma palavra que lhe causa tanta aversão que nunca diz *Dou-lhe meu bom-dia*, e sim, *Empresto-lhe meu bom-dia.*

Frosina

Ora, meu Deus! Conheço a arte de arrancar dinheiro dos homens, sei o segredo para conquistar sua simpatia, tocar seu coração, descobrir seus pontos mais sensíveis.

Flecha

Tudo inútil, neste caso. Duvido que, em matéria de dinheiro, consiga amolecer nosso homem. Nesse quesito ele é um turco, de uma turquice de levar qualquer um ao desespero; pode até estrebuchar, ele nem vai se abalar. Em suma, ele é mais apegado ao dinheiro do que à reputação, à honra e à virtude; tem convulsões só de ouvir pedir dinheiro. Isso é tocar no seu ponto vital, é transpassar seu coração, é arrancar suas entranhas; e se... Mas aí vem ele; vou me retirando.

CENA V
Harpagão, Frosina

Harpagão

[*Em voz baixa.*] Está tudo certo. [*Em voz alta.*] Muito bem, Frosina, do que se trata?

Frosina

Ora, meu Deus, que bem que o senhor está! Que aparência tão saudável!

Harpagão

Quem? Eu?

Frosina

Nunca o vi tão viçoso e jovial.

Harpagão

Verdade?

Frosina

Como! Nunca na vida pareceu tão jovem! Tenho visto muito rapaz de vinte e cinco anos mais envelhecido que o senhor.

Harpagão

No entanto, Frosina, estou com sessenta bem completos.

Frosina

E daí? Grande coisa! O que são sessenta anos? A flor da idade! Está adentrando a melhor fase da vida de um homem.

Harpagão

É verdade; vinte anos menos, porém, não me fariam mal algum.

Frosina

Está caçoando? Não precisa disso, tem pinta de quem vai viver até os cem anos.

Harpagão

Acha mesmo?

Frosina

Seguramente. É o que tudo indica. Fique parado para eu ver. Ora, não é que há mesmo, aqui entre os seus olhos, um sinal de vida longa!

Harpagão

Você entende dessas coisas?

Frosina

Decerto. Deixe eu ver sua mão. Ah, meu Deus do céu! Que linha de vida!

Harpagão

Como assim?

Frosina

Está vendo até onde vai esta linha aqui?

Harpagão

E daí? O que isso quer dizer?

Frosina

Homessa! Eu disse cem anos, mas o senhor vai é passar dos cento e vinte.

Harpagão

Será possível?

Frosina

Pois se eu estou dizendo. A não ser que alguém o mate, ainda há de enterrar seus filhos, e os filhos de seus filhos.

Harpagão

Melhor assim. E como vai nosso negócio?

Frosina

E precisa perguntar? E desde quando me envolvo em alguma coisa e não acabo resolvendo? Para casamentos, sobretudo, tenho um talento maravilhoso;

não há neste mundo casal que em pouco tempo eu não dê jeito de juntar. Acho até que, se me desse na veneta, conseguiria casar o Grande Turco com a República de Veneza.* Neste nosso caso, as dificuldades decerto não foram tantas. Aproveitando a boa relação que tenho com elas, tive com as duas uma longa conversa sobre o senhor, e comentei com a mãe sobre suas intenções em relação a Mariana depois que a viu passando na rua e tomando a fresca à janela.

Harpagão

Ao que ela respondeu...

Frosina

Acolheu a proposta com alegria; e quando lhe comuniquei seu ardente desejo de que Mariana assistisse, hoje à noite, ao casamento de sua filha, assentiu prontamente, confiando-a para tanto aos meus cuidados.

Harpagão

Tenho a obrigação de oferecer um jantar ao senhor Anselmo, Frosina. E gostaria muito que ela estivesse presente ao banquete.

Frosina

Tem razão. Ela deve, depois do almoço, fazer uma visita à sua filha. Em seguida, pretende dar uma

---

* Veneza e os turcos se enfrentavam então na bacia oriental do Mediterrâneo. (N.T.)

volta na feira e retornar mais tarde para tomar parte ao jantar.

Harpagão

Pois então irão juntas as duas, vou emprestar minha carruagem.

Frosina

Será perfeito.

Harpagão

Mas, Frosina, você inquiriu a mãe sobre os bens que pode dar à filha? Disse a ela que, numa ocasião como essa, precisa ajudar a si mesma, fazer um esforço, sacrificar-se? Afinal, não se casa com uma moça sem que ela traga alguma coisa.

Frosina

Como assim? Esta moça vai lhe trazer uma renda de doze mil libras.

Harpagão

Uma renda de doze mil libras?

Frosina

Isso mesmo. Em primeiro lugar, ela foi criada e educada na maior frugalidade; é uma moça acostumada a viver de salada, leite, queijo e maçã, e não vai, por conseguinte, carecer de uma mesa bem servida, de caldos refinados, de cevada descascada a toda hora, nem de nenhum desses requintes que outra mulher exigiria; o que não é pouca coisa, já que isso pode chegar, ao ano, a uns pelo menos três mil francos. Além disso, é dada a uma elegância bastante simples, não aprecia nem os trajes suntuosos, nem as joias preciosas, nem a mobília luxuosa em que suas iguais investem com tanto entusiasmo; artigo este que vale mais de quatro mil libras ao ano. Além do quê, nutre legítima aversão pelo jogo, o que não é nada comum nas mulheres hoje em dia; sei de uma, aqui mesmo no nosso bairro, que perdeu só este ano vinte mil francos no baralho. Mesmo considerando apenas um quarto desta quantia: cinco mil francos no jogo ao ano, mais quatro mil francos em roupas e joias, dão nove mil libras; se somarmos mil escudos para a alimentação, não dá doze mil francos bem contados ao ano?

Harpagão

Sim, não está mal, mas este cálculo não tem nada de real.

Frosina

Se me permite, não é algo real trazer-lhe em casamento uma grande sobriedade, o legado de um grande amor pela simplicidade vestimentar, e a aquisição de um grande capital de ódio pelo jogo?

Harpagão

É um disparate querer compor um dote com todos os gastos que ela vai deixar de fazer. Não vou me dar por satisfeito com algo que não vou receber; afinal, alguma coisa eu preciso ganhar.

Frosina

Por Deus! Vai ganhar muito. Elas mencionaram um lugar onde têm algumas posses de que o senhor será o dono.

Harpagão

Isso veremos. Mas, Frosina, outra coisa me preocupa. A moça é jovem, como sabe. E os jovens, em geral, amam apenas seus iguais, buscam apenas sua companhia. Receio que um homem de minha idade não seja do seu gosto; e que isso acabe me acarretando pequenos transtornos que não me conviriam.

Frosina

Ah, diz isso porque não a conhece! É outra peculiaridade que eu tinha para lhe contar. Ela nutre uma tremenda aversão pelos jovens, só tem amor pelos idosos.

Harpagão

Mariana?

Frosina

Sim, Mariana. Precisava ouvi-la falar. Não suporta nem olhar para um rapaz, mas nada a deixa mais extasiada, diz ela, que a visão de um belo idoso com uma barba majestosa. Para ela, os mais velhos são os mais atraentes, e já lhe aviso para não tentar parecer mais jovem do que é. Para ela, há que ser, no mínimo, sexagenário. Não faz nem quatro meses, estava prestes a se casar quando interrompeu a cerimônia sem mais nem menos, só porque o pretendente revelou ter apenas cinquenta e seis anos e não precisou de óculos para assinar o contrato.

Harpagão

Só por isso?

Frosina

Só. Diz ela que não se contenta com cinquenta e seis anos e, principalmente, é a favor de óculos no nariz.

Harpagão

Isso que está me dizendo é uma grande novidade, sem dúvida.

Frosina

E tem muito mais. Há no quarto dela alguns quadros e estampas. E o que o senhor acha que eles representam? Adonis? Céfalo? Páris? Apolo? Nada disso: são lindos retratos de Saturno, do rei Príamo, do velho Nestor e do pai Anquises nos ombros do filho.*

Harpagão

É de se admirar! Jamais teria imaginado uma coisa assim, e folgo em saber que ela é desse feitio. Eu, de fato, se fosse mulher, não iria gostar de homens novos.

Frosina

Acredito. Que bela droga para se amar, esses jovens! Uns belos de uns peraltas, uns belos de uns convencidos! Só queria entender que graça eles podem ter.

Harpagão

Quanto a mim, não compreendo, não sei como existem mulheres que gostam tanto deles.

Frosina

Só sendo louca de atar. Ver algum atrativo na mocidade! Isso lá é ter senso comum? Esses moços loirinhos** por acaso são homens? Como é possível se apegar a essas criaturas?

---

* Os idosos da Fábula: Saturno, pai de Júpiter, sempre representado muito velho; Príamo, o venerado rei de Troia; o sábio Nestor, e Anquises, que Eneias carregou nos ombros ao fugir do incêndio de Troia. (N.E.)
** Referência aos jovens da moda, que usavam então perucas loiras. (N.T.)

Harpagão

É o que eu sempre digo: esse jeito maricas que eles têm, com seus três pelinhos levantados feito barba de gato, suas perucas de estopa, seus calções caídos e o peito em desalinho.

Frosina

Então! Bonita aparência, comparando com alguém feito o senhor. Isso sim é que é homem. Algo de encher a vista. Assim é que tem que ser e se vestir para inspirar amor.

Harpagão

Você me acha bem-apessoado?

Frosina

Que pergunta! O senhor é magnífico, e seu rosto mereceria um quadro. Vire um pouco para o lado, por favor. Não podia ser melhor. Deixe ver como caminha. Está aí um corpo bem talhado, desenvolto, livre, sem sinal de desconforto.

Harpagão

Não tenho nenhum desconforto mais sério, graças a Deus. Só essa fluxão que me ataca de vez em quando.

Frosina

Isso não é nada. A sua fluxão* não lhe cai mal, e o senhor tosse com elegância.

Harpagão

Mas, me diga: Mariana ainda não me viu? Não reparou em mim ao passar?

Frosina

Não. Mas estivemos conversando a seu respeito. Pintei-lhe um retrato de sua pessoa, sem deixar de destacar suas qualidades e a vantagem que representa para ela ter um marido feito o senhor.

Harpagão

Você fez muito bem, e eu lhe sou muito grato por isso.

Frosina

Seu Harpagão, teria um pequeno pedido a lhe fazer. [*Ele faz um ar carrancudo.*] Estou a ponto de perder um processo por falta de um pouco de dinheiro. Para o senhor não ia custar muito me ajudar a ganhar esse processo, se tivesse alguma estima por mim. [*Ele reassume seu ar alegre.*] Não pode imaginar que prazer será, para ela, conhecê-lo! Ah! Como vai encantá-la! E que impressão extraordinária não

---

* A tosse de Harpagão indica uma fluxão pulmonar, a mesma doença de Molière, que fazia o papel. (N.E.)

vai lhe causar esse seu colarinho à antiga! Mais que nada, vai ficar deslumbrada, louca pelo senhor, ao ver esses seus calções presos ao gibão com agulhetas! Um pretendente agulhetado há de ter para ela um charme irresistível.

HARPAGÃO

Muito me alegra isso que diz.

FROSINA. *Ele reassume a expressão carrancuda*

A verdade, seu Harpagão, é que esse processo é por demais importante para mim. Se eu perder, estarei arruinada. E um pequeno auxílio já ajudaria a me recompor. [*Ele reassume seu ar de alegria.*] Precisava ver com que enlevo ela me escutava falar no senhor. A alegria brilhava em seus olhos ao me ouvir citar suas qualidades. Enfim, deixei-a na maior impaciência de ver esse casamento acertado.

HARPAGÃO

Prestou-me um imenso favor, Frosina. Tenho para com você, reconheço, a maior dívida do mundo.

FROSINA, *ele reassume seu ar carrancudo*

Seu Harpagão, eu lhe rogo, conceda o modesto auxílio que lhe peço. Assim poderei me reerguer, e o senhor poderá contar com minha eterna gratidão.

Harpagão

Até logo. Preciso tratar de minha correspondência.

Frosina

Posso lhe garantir, seu Harpagão, que estaria me livrando de um aperto que não podia ser maior.

Harpagão

Vou dar ordens para que minha carruagem esteja pronta para levá-las à feira.

Frosina

Eu jamais o importunaria, não fosse a necessidade obrigar-me a tanto.

Harpagão

E vou cuidar que jantemos cedo, para que não venham a passar mal.

Frosina

Não me negue este obséquio que lhe peço. Nem imagina, seu Harpagão, o prazer que…

Harpagão

Preciso ir. Estão me chamando. Até mais tarde.

Frosina, *a sós*

Que a febre o despache para o inferno, seu cachorro unha de fome! O muquirana resistiu firme às minhas investidas. Mas nem por isso vou desistir dessa negociação: ainda me resta o outro lado, de que conto tirar uma boa recompensa.

ATO III

CENA I
Harpagão, Cleanto, Elisa, Valério,
Dona Cláudia, Mestre Tiago, Pédaveia,
Bacalhau

Harpagão

Vamos, venham todos cá, quero dar minhas ordens para hoje à noite e atribuir as tarefas de cada um. Dona Cláudia, aproxime-se. Comecemos pela senhora. [*Ela está com uma vassoura na mão.*] Muito bem, já está de armas na mão. Confiro-lhe a tarefa de limpar tudo por aqui; só cuide para não esfregar a mobília com muita força, que é para não a desgastar. Outorgo-lhe, além disso, a administração das bebidas durante o jantar. E caso desapareça uma garrafa ou apareça algo quebrado, vou responsabilizá-la e descontar de seus honorários.

MESTRE TIAGO

Oportuno, esse castigo.

HARPAGÃO

Pode ir. Quanto a você, Pédaveia, e você, Bacalhau, atribuo-lhes a função de lavar os copos e servir de beber, mas só quando os convidados tiverem sede. Não me façam como esses lacaios ineptos que costumam provocar e incitar a beber mesmo quem está sem vontade. Esperem até pedirem mais de uma vez, e lembrem-se de sempre acrescentar bastante água.

MESTRE TIAGO

Sim, vinho puro sobe à cabeça.

BACALHAU

Tiramos nosso avental, patrão?

HARPAGÃO

Sim, quando virem as pessoas chegando. Só cuidem para não estragar seus uniformes.

PÉDAVEIA

Mas o senhor sabe que meu gibão está com uma mancha grande de óleo de lampião na frente.

Bacalhau

Já eu, patrão, estou com meus calções todos furados atrás, e dá para ver, se me atrevo a dizer...

Harpagão

Basta! Vire isso para o lado da parede e sempre mostre para as visitas apenas a parte da frente. [*Harpagão põe o chapéu na frente do gibão para mostrar a Pédaveia como deve fazer para esconder a mancha de óleo.*] E você, sempre que estiver servindo, segure o chapéu desse modo. Quanto a você, minha filha, fique atenta ao que for servido, cuidando para não haver nenhum desperdício. Isso fica bem para uma moça. Prepare-se, contudo, para receber bem minha prometida, que logo mais vem lhe prestar uma visita e vai convidá-la para que a acompanhe à feira. Está me ouvindo?

Elisa

Sim, meu pai.

Harpagão

E você também, meu filho galante, a quem faço a gentileza de perdoar a história de ainda há pouco, nem pense em fazer cara feia para essa moça.

Cleanto

Eu, meu pai, cara feia? Por que faria isso?

Harpagão

Ora, sabe-se como são os filhos cujos pais tornam a casar, e com que olhos costumam ver sua assim chamada madrasta. Mas se quer que eu releve seu último desatino, aconselho-o a brindar essa moça com sua simpatia, e a lhe dar, enfim, a melhor acolhida.

Cleanto

Para lhe ser bem sincero, meu pai, não prometo sentir-me feliz por ela se tornar minha madrasta: se prometesse, estaria mentindo. Mas, quanto a bem recebê-la e ser simpático, prometo, neste quesito, obedecer-lhe fielmente.

Harpagão

Veja lá.

Cleanto

Não terá motivo de queixa, vai ver.

Harpagão

Melhor que seja assim. Valério, ajude-me com isso. Ora, Mestre Tiago, deixei-o por último. Aproxime-se.

Mestre Tiago

Quer falar com o cocheiro, patrão, ou com o cozinheiro? Já que sou um e outro.

Harpagão
Com os dois.

Mestre Tiago
Mas com qual quer falar primeiro?

Harpagão
Com o cozinheiro.

Mestre Tiago
Um momento, por favor.
Ele despe a farda de cocheiro e aparece vestido como cozinheiro.

Harpagão
Que diacho de salamaleque é esse?

Mestre Tiago
Pode falar.

Harpagão
Mestre Tiago, decidi oferecer um jantar esta noite.

Mestre Tiago
Que maravilha!

Harpagão
Então me diga: vai nos compor boa mesa?

Mestre Tiago
Sim, se me der muito dinheiro.

Harpagão
Dinheiro, que diabo, sempre dinheiro! Até parece que é só o que eles têm para dizer: "Dinheiro, dinheiro, dinheiro". Estão sempre com essa palavra na boca! Sempre falando em dinheiro. O dinheiro é seu eterno refrão.

Valério
Nunca vi resposta mais imprópria. Grande proeza, compor boa mesa com muito dinheiro: isso é a coisa mais fácil do mundo, qualquer coitado é capaz de fazer. Um homem perspicaz diria: compor boa mesa com pouco dinheiro.

Mestre Tiago
Boa mesa com pouco dinheiro!

Valério
Isso mesmo.

Mestre Tiago
Pois então peço encarecidamente, senhor Seu Intendente, que nos diga qual é o seu segredo e que

assuma meu cargo de cozinheiro. De qualquer modo, já faz tudo quanto pode para ser o factótum desta casa.

Harpagão

Cale-se. Do que vamos precisar?

Mestre Tiago

Está aqui o senhor Seu Intendente, que irá lhe compor boa mesa com pouco dinheiro.

Harpagão

Arre! Quero que me responda.

Mestre Tiago

Quantas pessoas serão à mesa?

Harpagão

Seremos oito a dez pessoas, mas vamos contar apenas oito. Onde comem oito, comem dez.

Valério

Naturalmente.

Mestre Tiago

Nesse caso, terá de haver quatro cozidos bem servidos, e cinco pratos. Sopa... entrada...

Harpagão

Que diabos! Isso dá para convidar uma cidade inteira para jantar.

Mestre Tiago

Assad...

Harpagão, *tapando-lhe a boca com a mão*

Ah, seu traidor, está querendo devorar tudo que tenho.

Mestre Tiago

Sobremesas...

Harpagão

Mais isso?

Valério

Está querendo matar a todos de indigestão? O patrão por acaso convidou essas pessoas para assassiná-las com tanta comilança? Pois dê uma lida nos preceitos de boa saúde e pergunte aos médicos se existe algo mais prejudicial ao homem que comer em excesso.

Harpagão

Ele tem toda razão.

Valério

Saibam o senhor e seus pares, Mestre Tiago, que uma mesa demasiado farta é um verdadeiro perigo; que se quisermos demonstrar nosso apreço por aqueles que convidamos, a frugalidade deve reinar nas refeições que oferecemos; e que, já dizia um antigo, *o homem deve comer para viver, e não viver para comer.*

Harpagão

Ah, Muito bem dito! Venha cá, que eu lhe dê um abraço por essas palavras. Está aí o mais belo ditado que já ouvi na minha vida. *O homem deve viver para comer, e não comer para vi...* Não, não é assim. Como foi que você disse?

Valério

O homem deve comer para viver, e não viver para comer.

Harpagão

Isso. Está ouvindo? Quem foi o grande homem que disse isso?

Valério

Não estou lembrado do nome.

Harpagão

Pois lembre-se de me dar essas palavras por escrito: quero mandar gravá-las em letras douradas sobre a lareira da minha sala.

Valério

Não vou esquecer. Quanto ao seu jantar, é só deixar comigo: vou acertar tudo da melhor maneira.

Harpagão

Faça isso.

Mestre Tiago

Tanto melhor: menos trabalho para mim.

Harpagão

Vamos precisar dessas coisas que mal se comem e logo saciam: um bom guisado de carneiro bem gordo, com um ensopado repleto de castanhas.

Valério

Pode contar comigo.

Harpagão

E agora, mestre Tiago, precisa limpar minha carruagem.

Mestre Tiago

Um momento, isso é com o cocheiro. [*Torna a vestir a casaca.*] O senhor estava dizendo...

Harpagão

Que precisa limpar minha carruagem e aprontar os cavalos para levar à feira a...

Mestre Tiago

Seus cavalos, patrão? Ora, estão sem nenhuma condição de andar. Só não digo que estão arriados na liteira porque os pobres não têm liteira nenhuma e seria um erro falar assim; mas a dieta que lhes impõe é tão austera que já não passam de meros fantasmas, meras sombras de cavalos.

Harpagão

Estão é doentes, de não fazer nada.

Mestre Tiago

E porque não se faz nada, patrão, não se precisa comer? Melhor seria, para esses pobres bichos, trabalhar muito e comer bastante. Parte-me o coração vê-los exauridos desse jeito. Afinal, tenho apego por meus cavalos e, quando os vejo padecer assim, parece até que é comigo. Todo dia, tiro do meu para dar para eles. Só sendo muito cruel, patrão, para não ter compaixão do próximo.

Harpagão

Ir até a feira não vai exigir muito esforço.

Mestre Tiago

Não senhor, não tenho coragem de conduzi-los, vou me sentir muito mal se tiver de usar o relho no estado em que eles estão. Como quer que puxem uma carruagem se não conseguem puxar nem a si próprios?

Valério

Patrão, vou pedir ao vizinho Picard que conduza a carruagem; e ele também nos será útil por aqui para ajudar com o jantar.

Mestre Tiago

Melhor assim, ainda prefiro que eles morram nas mãos de outro, e não nas minhas.

Valério

Mestre Tiago bancando o questionador.

Mestre Tiago

E o senhor Seu Intendente bancando o imprescindível.

Harpagão

Basta!

Mestre Tiago

Patrão, não suporto bajuladores, e bem vejo que isso de estar sempre fiscalizando pão e vinho, sal, lenha e candeia, ele faz só para adular e tentar lhe agradar. Isso me tira do sério, como também me incomoda o que escuto todo dia comentar a seu respeito. Pois afinal, e apesar dos pesares, sinto certa afeição pelo senhor, que é, depois dos meus cavalos, a pessoa de quem mais gosto.

Harpagão

Poderia me informar, mestre Tiago, o que comentam a meu respeito?

Mestre Tiago

Poderia, sim senhor, se tivesse certeza de que não ia ficar bravo.

Harpagão

Não, de jeito e maneira.

Mestre Tiago

Desculpe, mas sei que vai ficar furioso.

Harpagão

De jeito nenhum. Pelo contrário, vou ficar satisfeito, quero muito saber o que dizem a meu respeito.

Mestre Tiago

Já que insiste, patrão, digo com toda a franqueza que zombam do senhor em toda parte; que nos fazem o tempo todo piadas maldosas a seu respeito; e que nada encanta mais as pessoas que pegar no seu pé e contar histórias sem fim sobre sua sovinice. Dizem que manda imprimir, para uso próprio, calendários em que pede para dobrarem as têmporas e vigílias para assim poder lucrar com os jejuns que impõe para todo mundo. Ou, então, que tem sempre à mão um motivo para brigar com os seus criados na época do Ano-Novo, ou quando deixam o seu serviço, como desculpa para não precisar lhes dar nada. Contam que, uma vez, botou na justiça o gato de um seu vizinho por ter comido as sobras de um pernil de carneiro. Contam até que foi flagrado, certa noite, roubando a aveia dos seus próprios cavalos e que o seu cocheiro, o de antes de mim, deu-lhe no escuro não sei quantas pauladas, que o senhor nunca quis comentar. Enfim, quer que lhe diga? Não se vai a lugar nenhum sem ouvir o senhor ser espinafrado de tudo quanto é jeito; o senhor é motivo de chacota e risada para todo mundo; e ninguém nunca se refere ao senhor sem usar termos como avarento, tacanho, muquirana e agiota.

Harpagão, *surrando-o*
Seu idiota, miserável, safado, descarado!

Mestre Tiago

Então, o que foi que eu disse? O senhor não quis acreditar, mas avisei que ia ficar bravo se eu falasse a verdade.

Harpagão

Pois aprenda a falar direito.

CENA II
Mestre Tiago, Valério

Valério

Ao que vejo, mestre Tiago, sua franqueza foi mal recompensada.

Mestre Tiago

Arre! Não é da sua conta, senhor recém-chegado que se acha muito importante. Ria das suas próprias pauladas no dia em que as levar, e não me venha rir das minhas.

Valério

Ah, senhor mestre Tiago, por favor não fique bravo.

Mestre Tiago, *à parte.*

Ele está mansinho. Vou tentar bancar o valente, e até lhe dar uns safanões se ele for bobo o suficiente. [*Em voz alta.*] Mas sabe, senhor Risadinha, que de minha parte eu não estou rindo nem um pouco? E que, se me der nos nervos, vou fazer com que dê outro tipo de risada?

Mestre Tiago empurra Valério, ameaçando-o, até a extremidade do palco.

Valério

Ei! Calma aí!

Mestre Tiago

Como assim, calma aí? Não quero ir com calma.

Valério

Piedade.

Mestre Tiago

Seu petulante!

Valério

Senhor Mestre Tiago...

Mestre Tiago

Que senhor Mestre Tiago que nada! Só deixe eu pegar um pau, vou lhe dar uma sova daquelas.

Valério

Como assim, um pau?

Valério o obriga, por sua vez, a recuar o mesmo tanto.

Mestre Tiago

Ei, não foi isso que eu quis dizer.

Valério

Sabe por acaso, senhor espevitado, que eu mesmo sou capaz de lhe dar uma sova?

Mestre Tiago

Disso eu não duvido.

Valério

E sabe que não passa, ao fim e ao cabo, de um cozinheiro imprestável?

Mestre Tiago

Sei, sim senhor.

Valério
E que ainda não me conhece?

Mestre Tiago
Conheço sim.

Valério
O senhor falou em sova?

Mestre Tiago
Falei brincando.

Valério
Pois não achei graça na brincadeira. [*Dá-lhe umas pauladas.*] Saiba que brinca muito mal.

Mestre Tiago
Para os diabos a sinceridade! É uma péssima pedida. Desisto, de hoje em diante não falo mais a verdade. O meu patrão me bater, ainda vá lá: até que está no seu direito. Mas desse intendente, eu me vingo assim que puder.

CENA III
Frosina, Mariana, Mestre Tiago

Frosina

Mestre Tiago, sabe me dizer se seu patrão está em casa?

Mestre Tiago

Sei até demais. Está sim.

Frosina

Por favor, avise que estamos aqui.

CENA IV
Mariana, Frosina

Mariana

Ah, Frosina! Que aflição a minha! Se for para dizer o que sinto, estou agoniada com este encontro!

Frosina

Mas por que, qual é o seu receio?

Mariana

Ai, ainda pergunta? Não imagina o pânico de uma pessoa prestes a se deparar com o suplício a que a querem submeter?

Frosina

Percebo que Seu Harpagão não é o suplício que escolheria se quisesse morrer em paz; e posso ver, pelo seu jeito, que o moço loirinho de quem me falou ainda está presente nos seus pensamentos.

Mariana

Sim, Frosina, isso eu não posso negar. As respeitosas visitas que ele nos prestou deixaram, confesso, certa impressão em minha alma.

Frosina

Mas já sabe quem ele é?

Mariana

Não, não sei quem ele é. Mas sei que tem tudo para ser amado. Sei que se as coisas pudessem ser do meu jeito, é a ele que eu escolheria; e sei que é em grande parte por causa dele que vejo como a um terrível tormento esse marido que me querem arranjar.

Frosina

Ora, meu Deus! Esses loirinhos todos são cativantes e cheios de lábia, mas também são, na maioria, pobres feito ratos de igreja. E é muito melhor para a senhorita um marido velho que lhe dê muitos bens. Admito que os sentidos não se dão por muito satisfeitos por este lado que estou pensando, e há alguns ascos a enfrentar para suportar um marido assim. Mas é por pouco tempo, acredite, e sua morte em breve a deixará livre para escolher outro, mais amável, que irá compensar isso tudo.

Mariana

Deus do céu, Frosina! Que situação terrível essa de, para ser feliz, ter que desejar ou esperar o falecimento de alguém. E a morte, além disso, nem sempre faz o que planejamos.

Frosina

Está caçoando? A senhorita só se casa sob condição de ele a deixar viúva em breve. Essa deve ser uma das cláusulas do contrato. Seria muita impertinência da parte dele não morrer no prazo de três meses. Mas aí está ele, em pessoa.

Mariana

Ah, Frosina, que aspecto ele tem!

CENA V
Harpagão, Frosina, Mariana

Harpagão

Não leve a mal, minha linda, se me apresento de óculos. Bem sei que seus atrativos são de encher as vistas, são muito visíveis e não requerem o uso de óculos para serem notados; mas enfim, com óculos é que se observam os astros, e eu afirmo e declaro que a senhorita é um astro, e o astro mais belo da terra dos astros. Frosina, ela não diz nada, e não me parece demonstrar nenhuma alegria ao me ver.

Frosina

É que ainda está muito surpresa. Além do que, as moças sempre se acanham em demonstrar logo de início o que levam na alma.

Harpagão

Tem razão. Veja, linda menina, esta é minha filha, que vem cumprimentá-la.

CENA VI
Elisa, Harpagão, Mariana, Frosina

Mariana
Peço que perdoe, senhorita, minha demora em lhe prestar esta visita.

Elisa
Esta visita, senhorita, era para eu mesma lhe ter prestado. Cabia a mim me antecipar.

Harpagão
Como vê, já é crescida. Mas erva daninha sempre cresce.

Mariana, *a Frosina, em voz baixa*
Que homem desagradável!

Harpagão
O que disse a moça?

Frosina
Disse que o acha admirável.

Harpagão
É muita gentileza sua, graciosa menina.

MARIANA, *À PARTE*

Que animal!

HARPAGÃO

Sou-lhe muito grato por pensar assim.

MARIANA, *à parte*

Não estou aguentando.

HARPAGÃO

E este é meu filho, que vem prestar-lhe reverência.

MARIANA, *a Frosina, à parte*

Ah, Frosina, veja quem encontro! Justamente o moço de quem lhe falei.

FROSINA, *a Mariana*

Que situação extraordinária!

HARPAGÃO

Percebo sua surpresa ao ver que tenho filhos tão crescidos, mas em breve estarei livre tanto de um como de outra.

CENA VII
Cleanto, Harpagão, Elisa, Mariana,
Frosina

Cleanto

Senhorita, para ser sincera, esta é para mim uma situação com a qual decerto não contava. Qual não foi minha surpresa, ainda há pouco, quando meu pai me pôs a par de suas intenções.

Mariana

Pois posso dizer-lhe o mesmo. Este é um encontro inesperado, que a mim surpreende tanto quanto ao senhor. Nunca teria imaginado uma situação como essa.

Cleanto

Verdade é, senhorita, que meu pai não podia ter feito melhor escolha, e a honra de vê-la em nossa casa é, para mim, uma imensa alegria. Não posso afirmar que me alegra, porém, a intenção que porventura tenha de se tornar minha madrasta. Confesso que cumprimentá-la me é extremamente difícil, além de ser este um título que, com todo o respeito, não lhe desejo. Minhas palavras talvez possam, para algumas pessoas, parecer brutais, mas sei que a senhorita saberá compreendê-las. Pois como bem pode imaginar, por tal casamento só posso sentir aversão; não ignora, sabendo quem sou, o quanto ele contraria meus próprios interesses. Permita, enfim, que eu lhe diga, com a licença de meu pai, que a depender de mim não se realizaria este matrimônio.

Harpagão

Que cumprimento mais impróprio! Que bonita confissão para se fazer à moça!

Mariana

Devo dizer-lhe, em resposta, que a recíproca é verdadeira, e se lhe causa aversão ter-me como madrasta, tê-lo como enteado não me causa aversão menor. Não vá o senhor pensar, por favor, que sou eu quem quer lhe dar esse dissabor. Teria imensa pena em causar-lhe algum desgosto; e em não sendo forçada a tanto por um poder absoluto, dou-lhe minha palavra de que não consentirei neste casamento que o entristece.

Harpagão

Certa está ela: um tolo cumprimento exige uma resposta tola. Peço-lhe que desculpe, minha linda, a impertinência de meu filho. É um jovem tolo, que ainda não sabe medir as consequências do que diz.

Mariana

Asseguro que suas palavras não me ofenderam em nada. Pelo contrário, foi um prazer ouvi-lo expor seus verdadeiros sentimentos. Apreciei a confissão que me fez, e tivesse ele falado de outro modo, eu o estimaria muito menos.

Harpagão

É muita bondade sua justificar os erros de meu filho. Verá que, com o tempo, ele há de criar mais juízo e mudar seus sentimentos.

Cleanto

Não, meu pai, sou incapaz de mudar meus sentimentos, e isso eu peço encarecidamente à senhorita que acredite.

Harpagão

Mas vejam que absurdo! Ainda insiste, e de mal a pior.

Cleanto

Prefere que eu traia meu coração?

Harpagão

Já não basta? Faça-me o favor de mudar de tom!

Cleanto

Pois bem, já que pede para eu me expressar de outro modo, permita-me, senhorita, colocar-me aqui no lugar de meu pai e confessar que nunca vi neste mundo uma moça tão adorável, que não concebo prazer maior que este de lhe ser agradável, e que o título de seu esposo é uma glória, um júbilo preferível ao destino dos maiores príncipes. Sim, senhorita, a felicidade de possuí-la é, a meu ver, a maior de todas as venturas, o objeto de todos os meus anseios, e não há nada de que eu não fosse capaz por uma tão preciosa conquista, e nem os maiores obstáculos...

Harpagão

Vá com calma, meu filho, por favor.

Cleanto

Estou fazendo, em seu nome, um cumprimento à senhorita.

Harpagão

Ora essa, eu tenho língua para me expressar, não preciso de um intérprete feito você. Em vez disso, convide-nos a sentar.

Frosina

Não, o melhor é irmos à feira agora mesmo, de modo a voltarmos mais cedo e termos, depois, tempo à vontade para conversar.

Harpagão

Mandem atrelar a carruagem! Perdoe-me, minha linda, se não me ocorreu oferecer-lhe uma merenda ligeira antes de sair.

CLEANTO

Já providenciei, meu pai. Mandei trazer umas taças de laranjas chinesas, limões doces e geleias, que encomendei em seu nome.

HARPAGÃO, *a Valério, em voz baixa*
Valério!

VALÉRIO, *a Harpagão*
Ele perdeu a razão.

CLEANTO

Julga que é insuficiente, meu pai? A senhorita terá a bondade de nos desculpar.

MARIANA

Não precisava.

CLEANTO

Acaso já viu, senhorita, diamante mais cintilante que este que vê no dedo de meu pai?

MARIANA

É reluzente, de fato.

CLEANTO. *Tira o anel do dedo do pai e o entrega a Mariana*
Precisa vê-lo mais de perto.

Mariana

É muito bonito, sem dúvida, e cheio de brilho.

Cleanto. *Põe-se diante de Mariana, a qual tenta devolver o anel*

Nada disso, senhorita: o anel está em tão lindas mãos! É um presente de meu pai.

Harpagão

Meu?

Cleanto

Não é seu desejo, meu pai, que a senhorita fique com ele em nome de seu amor?

Harpagão [*Ao seu filho, à parte.*]

Como assim?

Cleanto

Muito bem! Está me fazendo sinais para que eu a convença a aceitar.

Mariana

Não quero...

Cleanto

Está caçoando? Ele não o quer de volta.

Harpagão, *à parte*
Que raiva!

Mariana
Isso seria...

Cleanto, *ainda impedindo Mariana de devolver o anel*
Não, já disse, isso seria ofendê-lo.

Mariana
Eu lhe rogo...

Cleanto
De jeito nenhum.

Harpagão, *à parte*
Maldição...

Cleanto
Veja como está chocado com sua recusa.

Harpagão, *ao filho, em voz baixa*
Seu traidor!

Cleanto
Está desesperado, não vê?

HARPAGÃO, *ao filho, em voz baixa,*
ameaçador

Seu carrasco!

CLEANTO

Não tenho culpa, meu pai. Estou fazendo de tudo para que ela aceite, mas a senhorita é teimosa.

HARPAGÃO, *ao filho, em voz baixa,*
exaltado

Pilantra!

CLEANTO

Por sua causa, senhorita, meu pai está ralhando comigo!

HARPAGÃO, *ao filho, em voz baixa, ainda*
com as mesmas mímicas

Safado!

CLEANTO

Ele ainda vai acabar passando mal, senhorita. Aceite, por favor.

FROSINA

Valha-me Deus! Quantos rodeios! Fique com o anel, já que ele insiste.

Mariana

Para que não se aborreça, fico com ele por enquanto. Deixo para devolvê-lo em outro momento.

CENA VIII
Harpagão, Mariana, Frosina, Cleanto,
Pédaveia, Elisa

Pédaveia

Patrão, está aí um homem querendo falar com o senhor.

Harpagão

Diga que estou ocupado, que volte outra hora.

Pédaveia

Diz ele que veio lhe trazer dinheiro.

Harpagão

Com sua licença. Volto em seguida.

CENA IX
HARPAGÃO, MARIANA, CLEANTO, ELISA,
FROSINA, BACALHAU

BACALHAU. *Entra correndo e derruba Harpagão*

Patrão...

HARPAGÃO
Ah, estou morto.

CLEANTO
O que houve, meu pai? O senhor se machucou?

HARPAGÃO
Esse traidor deve ter sido pago pelos meus devedores para fazer com que eu quebre o pescoço.

VALÉRIO
Não há de ser nada.

BACALHAU
Queira me desculpar, patrão, achei que era para vir depressa.

HARPAGÃO
O que faz aqui, carrasco?

Bacalhau

Vim avisar que seus cavalos estão ambos desferrados.

Harpagão

Pois que os levem imediatamente ao ferrador.

Cleanto

Enquanto os cavalos estão sendo ferrados, meu pai, vou fazer, em seu nome, as honras da casa: vou acompanhar a senhorita ao jardim, onde pedirei que nos sirvam a merenda.

Harpagão

Valério, fique de olho; e, por favor, trate de guardar o que for possível e devolver ao vendeiro.

Valério

É muita coisa.

Harpagão

Ô filho destrambelhado, está querendo me arruinar?

ATO IV

CENA I
Cleanto, Mariana, Elisa, Frosina

Cleanto

Vamos ali, estaremos mais à vontade. Não há mais ninguém suspeito ao redor, podemos falar mais livremente.

Elisa

Sim, meu irmão me contou de sua paixão pela senhorita. Bem sei quanta dor e tristeza tais dificuldades não trazem e, asseguro-lhe, é com imenso carinho que me interesso por seu caso.

Mariana

É um doce consolo contar com o interesse de alguém como a senhorita. Rogo que sempre conserve por mim essa generosa amizade, que tanto me ameniza as crueldades do destino.

Frosina

Ora, foi mesmo uma infelicidade nenhum dos dois ter me alertado antes sobre esse seu caso. Eu podia ter-lhes poupado essa aflição e não ter conduzido as coisas a este ponto em que estão.

Cleanto

Fazer o quê? Foi minha sina quem quis assim. Mas diga-me, linda Mariana, qual será sua decisão?

Mariana

E acaso estou em posição, ai de mim, de tomar qualquer decisão? No estado de dependência em que me encontro, o que mais posso me permitir senão anseios?

Cleanto

Não há por mim em seu coração nada além de simples anseios? Nenhuma compaixão prestativa? Nenhuma bondade obsequiosa? Nenhum afeto atuante?

Mariana

O que posso dizer? Ponha-se no meu lugar e avalie o que me é dado fazer. Reflita, e diga o senhor: fio-me ao seu julgamento, sabendo que é sensato o bastante para só exigir de mim o permitido pela honradez e pela decência.

Cleanto

Ai, a que me reduz, obrigando-me assim a acatar os ditames da rígida honradez e da escrupulosa decência?

Mariana

Mas o que quer que eu faça? Mesmo que pudesse ignorar os muitos cuidados exigidos de meu sexo, tenho demasiada consideração por minha mãe, que me criou com todo o carinho e a quem jamais me atreveria a causar nenhum desgosto. Vá, converse com ela, faça o possível para conquistá-la; tem minha permissão para fazer e dizer o que lhe aprouver, e se depender de eu mesma me declarar a seu favor, disponho-me a confessar a ela tudo que sinto pelo senhor.

Cleanto

Frosina, minha cara Frosina, não quer nos ajudar?

Frosina

Homessa! E precisa perguntar? Quero, de coração. Sou muito humana de natureza, sabe; Deus não me deu uma alma de pedra, e sou muito dada a prestar pequenos favores quando vejo pessoas que se amam honestamente. O que podíamos fazer?

Cleanto

Reflita um pouco, por favor.

Mariana

Dê-nos alguma luz.

Elisa

Pense num modo de desfazer o que fez.

Frosina

Caso difícil, este. [*A Mariana.*] No que diz respeito à sua mãe, ela não é nada insensata, e talvez possamos comovê-la, convencê-la a transferir para o filho isso que tenciona dar ao pai. [*A Cleanto.*] A dificuldade maior, a meu ver, é o seu pai ser o que é.

Cleanto

Naturalmente.

Frosina

Quero dizer que, se for rejeitado, vai ficar todo ressentido e sem disposição para consentir no casamento de vocês. O certo seria fazer com que a rejeição partisse dele. Teríamos de arranjar um jeito de ele se desinteressar da senhorita.

Cleanto

Tem razão.

Frosina

Sim, sei que tenho razão. É isso que precisamos fazer. O diacho é: como? Esperem! Se achássemos uma mulher mais madura, que tivesse o meu talento e soubesse representar o suficiente para fazer o papel de uma dama distinta, com uma equipe improvisada de serviçais e um sobrenome esquisito de marquesa ou viscondessa, que suporíamos ser da baixa Bretanha, eu saberia convencer o seu pai de que se tratava de uma rica dama, dona de cem mil escudos em dinheiro vivo, sem falar nas propriedades; que estaria perdidamente apaixonada por ele, ansiosa para ser sua esposa e lhe dar, inclusive, toda a sua fortuna por contrato de casamento. Não tenho dúvidas de que ele daria ouvidos à proposta. Pois enfim, sei que ele gosta muito da senhorita, mas gosta ainda mais de dinheiro. E depois que, distraído por esse logro, ele consentir no que lhes interessa, pouco importa que se desengane ao tirar a limpo os bens da tal marquesa.

Cleanto

Muito bem pensado.

Frosina

Deixem comigo. Lembrei agora de uma amiga minha que vai poder ajudar.

Cleanto

Frosina, esteja certa de contar com minha gratidão caso consiga realizar este plano. Mas antes de mais nada, adorável Mariana, temos de conquistar sua mãe. Sustar este casamento já seria um grande passo. Peço-lhe por favor que faça, de sua parte, tudo que for do seu alcance; lance mão do imenso poder que o afeto de sua mãe lhe confere; use sem reservas a graça eloquente, o poderoso encanto que Deus pôs em seus olhos e em sua boca; e não se esqueça, eu lhe rogo, das doces palavras, dos tocantes apelos, das suaves meiguices às quais, tenho certeza, ela não saberia deixar de atender.

Mariana

Vou fazer todo o possível, e não vou me esquecer de nada.

CENA II
Harpagão, Cleanto, Mariana, Elisa, Frosina

Harpagão

Ora, ora! Meu filho beijando a mão de sua futura madrasta, e a futura madrasta resistindo muito pouco. Haveria aí algum mistério escondido?

Elisa

Aí vem meu pai.

Harpagão

A carruagem está pronta. Podem sair quando assim desejarem.

Cleanto

Uma vez que não vai junto, meu pai, vou eu mesmo acompanhá-las.

Harpagão

Não, fique. Elas podem muito bem ir sozinhas. Preciso de você aqui.

CENA III
Harpagão, Cleanto

Harpagão

Pois então, tirante o fato de ela ser sua futura madrasta, o que achou da moça?

Cleanto

O que eu achei?

Harpagão

Sim, do seu jeito, do seu porte, da sua beleza, da sua inteligência?

Cleanto

Assim, assim.

Harpagão

E o que mais?

Cleanto

Para lhe ser sincero, não é como eu imaginava. Tem um jeito de coquete, um porte um tanto canhestro, uma beleza bastante medíocre, e uma inteligência das mais medianas. Não pense, meu pai, que digo isso para desanimá-lo; já que por mim, madrasta por madrasta, tanto faz essa como outra qualquer.

Harpagão

Ainda há pouco, porém, disse a ela...

Cleanto

Disse umas gentilezas em seu nome, mas era para agradar ao senhor.

Harpagão

De modo que não sente por ela nenhuma atração?

Cleanto

Eu? De jeito nenhum.

Harpagão

É uma pena, pois isso contraria uma ideia que tinha cá me ocorrido. Quando a vi aqui, frente a frente, pus-me a matutar sobre minha idade, e percebi que podiam implicar com o fato de eu casar com uma moça tão nova. Essa reflexão estava me induzindo a desistir do meu intento. Uma vez, porém, que já mandei pedir sua mão e empenhei minha palavra, pensei em dá-la a você, não fosse essa aversão que demonstra ter por ela.

Cleanto

A mim?

Harpagão

A você.

Cleanto

Em casamento?

Harpagão

Em casamento.

Cleanto

Ouça: verdade que ela não é muito do meu gosto. Mas para lhe ser agradável, meu pai, conformo-me em casar com ela, se assim desejar.

Harpagão

Eu? Sou mais sensato do que você pensa: longe de mim forçar seus sentimentos.

Cleanto

Se me permite, posso fazer esse esforço por amor ao senhor.

Harpagão

Não, não. Não existe casamento feliz quando não existe o sentimento.

Cleanto

Isso é algo, meu pai, que pode vir com o tempo; dizem que o amor, muitas vezes, nasce do casamento.

Harpagão

Não: por parte do homem, não dá para correr este risco, e não quero ter que me expor a consequências desastrosas. Se você sentisse alguma atração por essa moça, perfeito, deixaria que se casasse com ela, em vez de mim. Mas, não sendo este o caso, atenho-me ao meu intento inicial e quem se casa sou eu.

Cleanto

Muito bem, meu pai, já que é assim, preciso abrir meu coração e revelar nosso segredo. A verdade é que eu a amo desde o dia em que a vi num passeio;

que minha intenção, ainda hoje cedo, era pedir que me desse Mariana por esposa. Só me calei ante a declaração de seus próprios sentimentos e ao receio de aborrecê-lo.

Harpagão

O senhor foi visitá-la?

Cleanto

Sim, meu pai.

Harpagão

Muitas vezes?

Cleanto

Bastante, pelo pouco tempo que a conheço.

Harpagão

E foi bem recebido?

Cleanto

Muitíssimo bem, ela só não sabia quem eu era. É o que explica a surpresa de Mariana ainda há pouco.

Harpagão

O senhor declarou-lhe sua paixão e sua intenção de desposá-la?

Cleanto

Decerto, já tinha inclusive adiantado alguma coisa à mãe dela.

Harpagão

E a mãe deu ouvidos à sua proposta?

Cleanto

Sim, com toda cortesia.

Harpagão

E a filha corresponde ao seu amor?

Cleanto

Tudo me leva a crer, meu pai, que nutre sentimentos por mim.

Harpagão

Folgo em conhecer este segredo, estava mesmo me perguntando. Ora, meu filho, sabe o quê? Trate, por favor, de se livrar do seu amor, de cessar sua corte a uma moça que desejo para mim, e de se casar em breve com outra que lhe destino.

Cleanto

Então, meu pai, é assim que me engana! Muito bem, já que chegamos a este ponto, declaro-lhe, quanto a mim, que não abrirei mão da paixão que sinto por Mariana, que não há loucura que eu não faça para disputá-la com o senhor, e que, se tem em seu favor o consentimento de uma mãe, eu talvez tenha, de minha parte, outros aliados que lutariam por mim.

HARPAGÃO

Como assim, seu pilantra? Tem a ousadia de vir pisar no meu terreno?

CLEANTO

Quem está pisando no meu terreno é o senhor! Eu cheguei primeiro.

HARPAGÃO

E eu não sou seu pai? Acaso não me deve o respeito?

CLEANTO

Nessas coisas, os filhos não devem obediência aos pais. O amor não conhece ninguém.

HARPAGÃO

Pois com umas boas pauladas você vai me conhecer.

CLEANTO

Suas ameaças não me atingem.

####### HARPAGÃO

Vai renunciar a Mariana.

####### CLEANTO

De jeito nenhum.

####### HARPAGÃO

Tragam-me um pau, agora mesmo!

CENA IV
MESTRE TIAGO, HARPAGÃO, CLEANTO

####### MESTRE TIAGO

Ei, ei, ei, senhores, o que é isso? O que estão querendo?

####### CLEANTO

Não quero saber.

####### MESTRE TIAGO

Calma, patrão.

####### HARPAGÃO

Falar comigo com essa insolência!

Mestre Tiago
Patrão, por favor.

Cleanto
Não vou ceder.

Mestre Tiago
A quem? Ao seu pai?

Harpagão
Deixe eu bater!

Mestre Tiago
Quê? Em mim, ainda vá lá! Mas no seu filho?

Harpagão
Quero, Mestre Tiago, que seja o juiz deste caso, para ver como eu tenho razão.

Mestre Tiago
Eu aceito. Afastem-se um do outro.

Harpagão
Eu amo uma moça, quero casar-me com ela. E esse pilantra tem a ousadia de amá-la também, e pretende casar-se com ela contrariando as minhas ordens.

Mestre Tiago
Ah, errado está ele.

Harpagão
Não é medonho um filho querer rivalizar com o próprio pai? Ele acaso não deve, por respeito, se abster de mexer com os meus afetos?

Mestre Tiago
O senhor tem razão. Fique aqui, deixe que eu fale com ele.
Vai ter com Cleanto do outro lado do palco.

Cleanto
Pois bem, já que ele o quer como juiz, não vou recusar, não importa quem seja; e quero, por minha vez, Mestre Tiago, contar consigo para arbitrar esse nosso desacordo.

Mestre Tiago
Fico muito honrado.

Cleanto
Estou apaixonado por uma moça, que corresponde ao meu amor e acolhe com carinho minhas intenções. E meu pai vem perturbar nosso amor com seu pedido de casamento.

Mestre Tiago

Errado está ele, sem dúvida.

Cleanto

Ele acaso não tem vergonha de pensar em casar na idade em que está? Acaso fica bem ele se apaixonar a essa altura da vida? Não devia deixar isso para os moços?

Mestre Tiago

Tem razão, ele só pode estar caçoando. Deixe que eu dê duas palavrinhas com ele. [*Volta para junto de Harpagão.*] Pois então! Seu filho não é tão horrível como diz, e está caindo em si. Diz que sabe do respeito que lhe deve, que só se alterou num primeiro impulso, e que não vai se negar a acatar o que o senhor quiser, desde que se disponha a tratá-lo melhor do que tem tratado, e a dar-lhe por esposa uma moça que seja de seu agrado.

Harpagão

Ah! Pois diga a ele, Mestre Tiago, que, sendo assim, pode esperar tudo de mim. E que, tirante Mariana, dou-lhe a liberdade de escolher quem desejar.

Mestre Tiago

Deixe comigo. [*Vai ter com o filho.*] Então! Seu pai não é tão desatinado como pinta, e reconheceu que só saiu do sério por causa do seu destempero, que só está aborrecido com sua maneira de agir, e está muitíssimo disposto a lhe conceder o que deseja, desde que se disponha, por sua vez, a portar-se com gentileza e a demonstrar a deferência, o respeito e a submissão que um filho deve ao pai.

Cleanto

Ah, Mestre Tiago, pode afirmar a ele que, se me conceder Mariana, sempre terá em mim o mais submisso dos homens, e que nunca farei nada contra sua vontade.

Mestre Tiago, *a Harpagão*

Está resolvido. Ele aceita fazer o que lhe pede.

Harpagão

Ora, não podia ser melhor.

Mestre Tiago, *a Cleanto*

Tudo acertado. Ele está satisfeito com suas promessas.

Cleanto

Deus seja louvado!

Mestre Tiago

Bastava os senhores conversarem. Chegaram a um acordo, quando estavam prestes a brigar por falta de entendimento.

Cleanto

Meu caro Mestre Tiago, hei de lhe ser grato pelo resto da vida.

Harpagão

Prestou-me um grande favor, mestre Tiago, merece ser recompensado. Pode ir, prometo que não vou esquecer.

Tira o lenço do bolso, o que leva Mestre Tiago a pensar que vai lhe dar alguma coisa.

Mestre Tiago

Muito agradecido.

CENA V
Cleanto, Harpagão

Cleanto

Peço que me perdoe, meu pai, meu destempero de há pouco.

Harpagão

Não foi nada.

Cleanto

Lamento profundamente, posso lhe assegurar.

Harpagão

E eu me alegro profundamente de vê-lo tão ajuizado.

Cleanto

Bondade a sua, esquecer tão rapidamente o meu erro.

Harpagão

Esquecem-se facilmente os erros dos filhos quando eles tornam a entrar na linha.

Cleanto

Como? Não guarda ressentimento por minhas tantas extravagâncias?

Harpagão

Devo isso à sua submissão e ao seu respeito.

Cleanto

Meu pai, prometo levar no coração, até o túmulo, a lembrança de sua bondade.

Harpagão

E eu, prometo que não haverá nada que não possa obter de mim.

Cleanto

Ah, meu pai, não lhe peço mais nada. Já me está me dando muito ao dar-me Mariana.

Harpagão

Como disse?

Cleanto

Eu disse, meu pai, que lhe sou por demais agradecido, e que nem sei descrever sua bondade ao me conceder Mariana.

Harpagão

Quem falou em conceder Mariana?

Cleanto

O senhor, meu pai.

Harpagão

Eu!

Cleanto

Com certeza.

Harpagão

Como assim? Você é que prometeu renunciar a ela.

Cleanto

Renunciar, eu?

Harpagão

Sim.

Cleanto

De jeito nenhum.

Harpagão

Você não desistiu?

Cleanto

Muito pelo contrário, estou mais determinado que nunca.

Harpagão

Como assim, seu pilantra? De novo?

Cleanto

Nada me fará mudar.

Harpagão
Deixe comigo, seu traidor.

Cleanto
Pode fazer o que quiser.

Harpagão
Está proibido de tornar a me ver.

Cleanto
Tanto melhor.

Harpagão
Eu o repudio.

Cleanto
Pois repudie.

Harpagão
Renego você como filho.

Cleanto
Que seja.

Harpagão
Eu o deserdo.

Cleanto

Como queira.

Harpagão

E dou-lhe minha maldição.

Cleanto

Pouco me importa o que me dá ou deixa de me dar.

CENA VI
Flecha, Cleanto

Flecha, *vindo do jardim, trazendo um cofrinho*

Ah patrão! Estava mesmo atrás do senhor! Venha comigo, depressa.

Cleanto

O que houve?

Flecha

Venha comigo, já disse. Está tudo certo.

Cleanto
Como assim?

Flecha
Aqui está a solução do seu problema.

Cleanto
Que solução?

Flecha
Passei o dia inteiro de olho nisso aqui.

Cleanto
O que é?

Flecha
O tesouro de seu pai que eu peguei.

Cleanto
Como conseguiu?

Flecha
Logo vai saber. Vamos sair daqui, estou ouvindo os gritos dele.

CENA VII
Harpagão

Harpagão. *Vem do jardim gritando "Pega o ladrão", entra sem chapéu*

Pega o ladrão! Pega o ladrão! Pega o assassino! O bandido! Justiça, justo Deus! Estou perdido, estou morto, cortaram minha garganta, roubaram meu dinheiro. Quem terá sido? Para onde foi? Onde está? Onde se esconde? O que faço para encontrá-lo? Correr para onde? Para onde não correr? Ele não está aí? Não está aqui? Quem é este? Pare. Devolva o meu dinheiro, safado... [*Segura o próprio braço.*] Ah! Sou eu mesmo. Minha mente está confusa, já não sei onde estou, quem sou, o que estou fazendo, ai de mim! Meu pobre dinheiro, meu pobre dinheirinho, meu querido amigo! Privaram-me de você. E com você tirado de mim, fiquei sem meu sustento, meu consolo, minha alegria. Está tudo acabado, já não tenho lugar neste mundo: sem você, não é possível viver. É o fim, não posso mais. Estou morrendo, estou morto, enterrado. Alguém quer me ressuscitar, devolvendo meu querido dinheiro ou me dizendo quem o pegou? Hã? Como disse? Não foi ninguém. Quem fez isso, quem quer que seja, prestou muita atenção na hora, e escolheu justo o momento em que eu falava com o traidor do meu filho. Vou sair. Quero chamar a justiça e mandar submeter a casa inteira à tortura: criadas, lacaios, filho, filha, até eu. Quanta gente aqui reunida! Não olho para ninguém sem me encher de suspeitas, todos parecem ser meu ladrão. Ei, vocês aí, estão falando no quê? Nesse que me roubou? Que barulho é este aí em cima? É aí que está meu ladrão? Por favor, se alguém tiver notícias do meu ladrão, suplico que me conte. Não está escondido no meio de vocês? Estão todos aí me olhando, rindo. Vai ver, estão envolvidos no roubo de que fui vítima. Que venham, depressa, os comissários, arqueiros, magistrados, juízes, instrumentos de tortura, carrascos e cadafalsos! Quero mandar prender todo mundo! E, se não encontrar meu dinheiro, eu mesmo depois me enforco.

ATO V

CENA I
Harpagão, o Comissário e seu Auxiliar

Comissário

Deixe comigo, do meu trabalho eu entendo, graças a Deus. Não é de hoje que investigo roubos. Quem me dera ter tantos sacos de mil francos quantas foram as pessoas que mandei para a forca.

Harpagão

É do interesse de todos os magistrados cuidarem deste caso. E se não me fizerem recuperar meu dinheiro, eu levo a justiça à justiça.

Comissário

Precisamos efetuar todos os procedimentos de praxe. O senhor diz que no cofrinho havia...?

Harpagão
Dez mil escudos bem contados.

Comissário
Dez mil escudos!

Harpagão
Dez mil escudos.

Comissário
É um roubo significativo.

Harpagão
Não existe suplício bastante grande para a enormidade deste crime. Se ficar impune, significa que nada do que é mais sagrado está mais em segurança.

Comissário
De que espécie se constituía essa quantia?

Harpagão
De autênticos luíses de ouro e pistolas legalmente pesadas.

Comissário
Suspeita de alguém?

Harpagão
De todo mundo! Quero que prenda a cidade inteira, mais os subúrbios.

Comissário
Se quiser meu conselho, o melhor é não espantar ninguém e ir reunindo provas discretamente, para então depois proceder com rigor à recuperação do que lhe foi tirado.

CENA II
Mestre Tiago, Harpagão, o Comissário e seu Auxiliar

Mestre Tiago, *na extremidade do palco, virando-se para o lado do qual está vindo*

Eu volto mais tarde. Vocês daqui a pouco o degolam, tostam-lhe os pés, jogam-no em água fervente e depois penduram no teto.

Harpagão
Quem? Esse que me roubou?

Mestre Tiago
Estou falando de um leitão que o seu intendente acaba de me entregar, e quero preparar para o senhor à minha maneira.

Harpagão

A questão não é essa. Está aqui este senhor, com quem temos outro assunto a tratar.

Comissário

Não se assuste. Não sou dado a escândalos, vamos fazer tudo com tranquilidade.

Mestre Tiago

Este senhor é um dos seus convidados para o jantar?

Comissário

O importante agora, meu caro, é não esconder nada de seu patrão.

Mestre Tiago

Ora, meu senhor, vou mostrar tudo que sei fazer e tratá-lo o melhor que puder.

Harpagão

Não é disso que se trata.

Mestre Tiago

Se não preparo tão boa mesa como gostaria, a culpa é do nosso intendente, que fica cortando minhas asas com as tesouras da economia.

Harpagão

Quem está falando em jantar, seu traidor? O que eu quero é que me dê notícias do dinheiro que me levaram.

Mestre Tiago

Levaram dinheiro seu?

Harpagão

Sim, seu safado; e vou mandar enforcá-lo se não o devolver.

Comissário

Santo Deus! Não o maltrate. Vejo em sua fisionomia que é um homem honesto e que, sem precisar ir para a cadeia, vai contar tudo que o senhor quer saber. Sim, meu amigo, se confessar tudo não lhe faremos mal algum, e será devidamente recompensado por seu patrão. Ele foi roubado, hoje, e é impossível que não saiba nada a respeito.

Mestre Tiago, *à parte*

É justo o que eu precisava para me vingar do nosso intendente. Desde que veio para esta casa, virou o favorito; o patrão só tem ouvidos para ele. Além do quê, ainda não engoli as pauladas de agora há pouco.

Harpagão

O que está aí ruminando?

Comissário

Deixe estar: está se preparando para atendê-lo. Eu não disse que era um homem honesto?

Mestre Tiago

Patrão, se quer que eu lhe diga, acho que isso é coisa do seu estimado intendente.

Harpagão

Valério?

Mestre Tiago

Sim.

Harpagão

Ele, que me parece tão leal?

Mestre Tiago

O próprio. Acho que foi ele quem lhe roubou.

Harpagão

E acha isso baseado em quê?

Mestre Tiago
Em quê?

Harpagão
Sim.

Mestre Tiago
Acho isso... baseado no que eu acho.

Comissário
Mas precisa dizer quais são os indícios que tem.

Harpagão
Você o viu rondando no local onde eu tinha colocado o dinheiro?

Mestre Tiago
De fato. Onde é que estava o seu dinheiro?

Harpagão
No jardim.

Mestre Tiago
Pois justamente: eu o vi rondando no jardim. E esse dinheiro estava dentro do quê?

####### Harpagão

Dentro de um cofrinho.

####### Mestre Tiago

Aí é que está: vi um cofrinho com ele.

####### Harpagão

E como era esse cofrinho? Só para ver se era mesmo o meu.

####### Mestre Tiago

Como era o cofrinho?

####### Harpagão

Sim.

####### Mestre Tiago

Era... era do jeito que um cofrinho é.

####### Comissário

Naturalmente. Mas descreva como era, só para eu saber.

####### Mestre Tiago

Era um cofrinho grande.

Harpagão

Esse que me roubaram era pequeno.

Mestre Tiago

Pois então era pequeno, se quiser ver desta forma. Agora, eu digo que era grande por tudo que ele contém.

Comissário

E de que cor ele era?

Mestre Tiago

De que cor?

Comissário

Sim.

Mestre Tiago

De uma cor… uma cor assim… O senhor me ajuda a explicar?

Harpagão

Hã?

Mestre Tiago

Não é vermelho?

Harpagão

Não, é cinza.

Mestre Tiago

Pois então, cinza avermelhado: é o que eu queria dizer.

Harpagão

Não resta dúvida: com certeza é o meu cofrinho. Escreva aí, meu senhor, ponha por escrito esse depoimento. Deus do céu! Em quem se pode confiar hoje em dia? Não dá para pôr a mão no fogo por mais ninguém. Acho que, depois dessa, até eu era capaz de roubar a mim mesmo.

Mestre Tiago

Aí vem ele, patrão. Só não vá dizer que fui eu que contei.

CENA III
Valério, Harpagão, o Comissário, seu Auxiliar, Mestre Tiago

Harpagão

Venha cá, e confesse a ação mais vil, o agravo mais hediondo que alguém já cometeu.

Valério

O que deseja, senhor?

Harpagão

Como, seu traidor, não se envergonha de seu crime?

Valério

A que crime se refere?

Harpagão

A que crime me refiro, seu infame? Como se não soubesse. Nem tente disfarçar: o caso já foi desvendado, acabo de ser informado de tudo. Como pôde abusar assim da minha bondade e se introduzir deliberadamente em minha casa para me trair? Para me aplicar um golpe desses?

Valério

Uma vez que já lhe contaram tudo, senhor, não vou fazer rodeios nem tentar negar os fatos.

Mestre Tiago

Oh, oh! Será que, sem querer, eu acertei?

Valério

Eu tinha a intenção de tocar no assunto com o senhor, só estava aguardando uma ocasião favorável.

Mas, já que é assim, rogo-lhe que não se aborreça e se disponha a ouvir minhas razões.

Harpagão

E que boas razões pode me dar, seu ladrão infame?

Valério

Ah, não mereço ser chamado assim. Cometi, é verdade, uma ofensa para com o senhor. Mas meu erro, afinal, é perdoável.

Harpagão

Como assim, perdoável? Uma cilada, uma iniquidade dessas?

Valério

Por gentileza, não se ponha furioso. Verá, depois de me ouvir, que o problema não é tão grave como pinta.

Harpagão

O problema não é tão grave como pinto! Quê? É do meu sangue que se trata, seu pilantra, das minhas entranhas.

Valério

Seu sangue, meu senhor, não caiu em más mãos. Sou de uma condição que não o desabona, e não há nada nisso tudo que eu não possa reparar.

Harpagão

Pois essa é de fato minha intenção, que você restitua o que me surrupiou.

Valério

Sua honra, meu senhor, será plenamente satisfeita.

Harpagão

A honra não tem nada a ver com esse caso. Mas, me diga, quem o induziu a este ato?

Valério

Ai, ainda pergunta?

Harpagão

Sim, pergunto.

Valério

Um deus que traz em si mesmo as escusas por tudo que nos induz a fazer: o Amor.

Harpagão

O Amor?

Valério

Sim.

Harpagão

Bonito amor! Bonito amor, realmente! Amor por meus luíses de ouro.

Valério

Não senhor, não foram suas riquezas que me atraíram. Não foram elas que me fascinaram, e garanto que não me interessa nenhum de seus bens, desde que me permita ficar com este que já tenho.

Harpagão

Nada disso, por todos os diabos! Não vou permitir. Vejam só que insolência, querer ficar com o que me roubou!

Valério

O senhor chama isso de roubo?

Harpagão

Se chamo de roubo? Um tesouro como esse!

Valério

Um tesouro, é verdade. O mais precioso, decerto, de todos que possui. Mas deixar que fique comigo não significa perdê-lo. Peço-lhe, de joelhos, esse tesouro cheio de encantos e, se quiser fazer o que é certo, terá de me atender.

Harpagão

Nem pensar. O que quer dizer com isso?

Valério

Prometemos ser fiéis um ao outro, e juramos jamais nos perder.

Harpagão

Que admirável juramento, que promessa adorável!

Valério

Sim, firmamos o compromisso de sermos um do outro para sempre.

Harpagão

Isso eu vou impedir, posso lhe garantir.

Valério

Somente a morte poderá nos separar.

Harpagão

Isso é que é paixão pelo meu dinheiro.

Valério

Já lhe disse, meu senhor, que se fiz o que fiz não foi por interesse. Meu coração não agiu pelos motivos que imagina, minha resolução foi inspirada por um mais nobre motivo.

Harpagão

Vai ver, quer ficar com o que é meu por caridade cristã. Mas vou pôr ordem nisso tudo. E a justiça, seu pilantra, há de me dar razão.

Valério

Faça justiça como bem lhe aprouver, estou pronto a suportar qualquer violência que queira me infligir. Mas peço-lhe ao menos que acredite que, se existe algum mal nisso tudo, sou o único a quem pode acusar. Sua filha não tem culpa de nada.

Harpagão

Acredito. Seria o cúmulo, minha filha envolvida neste crime. Mas quero de volta minha riqueza, e que confesse para onde a levou.

Valério

Levar, eu? Não levei sua riqueza, ainda está aqui mesmo em sua casa.

Harpagão

[*À parte.*] Ah, meu amado cofrinho! [*Em voz alta.*] Então não saiu de minha casa?

Valério

Não senhor.

Harpagão,

Ei, mas diga: não encostou nem um dedo nela?

Valério

Encostar um dedo nela, eu? Ah, está sendo injusto, tanto com ela quanto comigo. O amor que lhe tenho é puro e respeitoso.

Harpagão, *à parte*

Amor por meu cofrinho!

Valério

Antes morrer que expressar a ela algum pensamento ofensivo: é demasiado pura e virtuosa.

Harpagão, *à parte*

Meu cofrinho, demasiado virtuoso!

Valério

Meu desejo limitou-se a contemplá-la. E nada de pecaminoso veio profanar a paixão que seus lindos olhos me inspiraram.

Harpagão, *à parte*

Os lindos olhos do meu cofrinho! Fala como um homem falando de sua amada.

Valério

Dona Cláudia sabe de toda a verdade, meu senhor, e é testemunha de que...

Harpagão

Quê? Minha criada é cúmplice do caso?

Valério

Sim, meu senhor, foi testemunha do nosso comprometimento. E, não sem antes se certificar da sinceridade do meu amor, ajudou-me a convencer sua filha a me dar sua palavra e a aceitar a minha.

Harpagão, *à parte*

Ei, será que o medo da justiça o está levando a divagar? [*A Valério.*] Agora quer nos confundir, falando na minha filha?

Valério

Quero apenas dizer, meu senhor, que só a muito custo logrei que seu pudor se rendesse àquilo que meu amor lhe pedia.

Harpagão
O pudor de quem?

Valério
De sua filha. E só ontem ela se dispôs, finalmente, a assinar uma mútua promessa de casamento.

Harpagão
Minha filha assinou-lhe uma promessa de casamento!

Valério
Sim senhor, como eu também lhe assinei uma.

Harpagão
Ó céus! Mais uma desgraça!

Mestre Tiago, *ao Comissário*
Escreva aí, Seu Comissário, escreva.

Harpagão
Agravamento do mal! Incremento de desespero! Vamos, Seu Comissário, cumpra sua obrigação e abra um processo contra este homem, por ladrão e sedutor.

Valério
São termos que a mim não se aplicam. E quando souberem quem eu sou...

CENA IV
Elisa, Mariana, Frosina, Harpagão,
Valério, Mestre Tiago, o Comissário,
seu Auxiliar

Harpagão

Ah, filha perversa! Filha indigna de um pai como eu! Então é assim que põe em prática o que lhe ensinei? Toma-se de amores por um ladrão infame e penhora sua palavra sem meu consentimento? Mas podem, os dois, ir perdendo as ilusões. Quatro grossas paredes irão dar conta de sua conduta, e uma boa forca irá compensar seu atrevimento.

Valério

Não é sua ira quem vai julgar este caso. E terão ao menos que me ouvir, antes de me condenar.

Harpagão

Estava errado quando falei em forca: você vai ser é esquartejado vivo.

Elisa, *de joelhos diante do pai*

Ah, meu pai, eu lhe peço, tenha sentimentos um pouco mais humanos, não chegue aos mais violentos extremos do poder paterno. Não se deixe levar pelo impulso primeiro de sua ira, dê-se o tempo de refletir no que vai fazer. Dê-se ao esforço de conhecer melhor este por quem julga ter sido ultrajado: ele não é o que seus olhos veem. Além disso, já não achará tão terrível eu ter me prometido a ele quando souber que, sem ele, já teria me perdido. Sim, meu pai, foi Valério quem me salvou daquele grande perigo das águas por que passei, como sabe, e a ele é quem deve a vida desta mesma filha que...

Harpagão
Isso não significa nada. Por mim, teria sido bem melhor ele deixar você se afogar do que fazer o que fez.

Elisa
Rogo-lhe, meu pai, em nome do amor paterno, que...

Harpagão
Não, não, não quero ouvir mais nada. E a justiça precisa cumprir seu dever.

Mestre Tiago, *à parte*
Aí tem seu troco por aquelas pauladas.

Frosina, *à parte*
Que situação tão complicada!

CENA V
Anselmo, Harpagão, Elisa, Mariana,
Frosina, Valério, Mestre Tiago,
o Comissário, seu Auxiliar

Anselmo

O que houve, senhor Harpagão? Vejo que está bastante abalado.

Harpagão

Ah, senhor Anselmo, vê diante de si o mais desafortunado dos homens. E muita desordem e confusão no contrato que vem assinar! Atentaram à minha fortuna, atentaram à minha honra! Está aí um traidor, um celerado que violou todos os direitos mais sagrados, que se introduziu em minha casa na qualidade de doméstico com o intuito de surrupiar meu dinheiro e seduzir minha filha.

Valério

Quem aqui está pensando em seu dinheiro, por que tanto se refere a ele de modo tão confuso?

Harpagão

Sim, assinaram um para o outro uma promessa de casamento. Esta afronta lhe diz respeito, senhor Anselmo, cabe ao senhor prestar queixa contra ele e tomar as medidas judiciais cabíveis para se vingar dessa insolência.

Anselmo

Não é minha intenção que alguém se case comigo à força, nem pretender um coração que já se tenha entregado a outro. Já no que tange aos seus interesses, estou disposto a defendê-los, assim como aos meus.

Harpagão

Está aqui este senhor, que é um honesto comissário e não deixará de cumprir, segundo me disse, nenhuma função de seu ofício. Faça todas as acusações devidas, Seu Comissário, e pinte-as de forma bem criminosa.

Valério

Não vejo como me possam acusar de algum crime pela paixão que nutro por sua filha. Quanto ao suplício que julga que eu mereço em razão do nosso compromisso, quando souber quem eu sou...

Harpagão

Não me interessam suas lorotas. O mundo, hoje em dia, anda repleto de falsos fidalgos, de impostores aproveitando que ninguém os conhece para adotar descaradamente o primeiro sobrenome ilustre que lhes dê na veneta.

Valério

Saiba que tenho nobreza suficiente para não me atribuir nada que não me pertença, e que Nápoles inteira pode atestar sobre meu berço.

Anselmo

Tome tento! Cuidado com o que vai dizer. Está se arriscando muito mais do que supõe: tem diante de si um homem que conhece Nápoles inteira, e poderá desmentir facilmente a história que está para contar.

Valério, *vestindo altivamente o chapéu*

Não sou homem de temer coisa alguma, e, se conhece Nápoles inteira, deve saber quem foi Dom Thomás de Alburcy.

Anselmo

Decerto que sei, e poucas pessoas o conheceram melhor do que eu.

Harpagão

E eu com Dom Thomás ou Dom Martinho?
*[Harpagão, vendo duas velas acesas, sopra
uma delas.]*

Anselmo

Deixe-o falar, por favor. Ouçamos o que ele tem a dizer.

Valério

Tenho a dizer que foi ele quem me deu a vida.

Anselmo

Ele?

Valério

Sim.

Anselmo

Ora, está caçoando. Invente outra história mais convincente, e não espere se safar com uma impostura dessas.

Valério

Meça melhor suas palavras. Não se trata de impostura, e não estou afirmando nada que não possa facilmente provar.

Anselmo

Quê? Ousa afirmar que é o filho de Dom Thomás de Alburcy?

Valério

Ouso sim, e estou pronto a sustentar esta verdade diante de quem quer que seja.

Anselmo

Que coisa maravilhosa é a audácia! Pois saiba, para seu governo, que o homem de quem fala pereceu no mar há no mínimo dezesseis anos, junto com a mulher e os filhos, quando tentavam escapar às cruéis perseguições causadas pelos tumultos de Nápoles, e que levaram várias nobres famílias ao exílio.

Valério

Sim, mas saiba o senhor, para seu governo, que o filho deste homem, então com sete anos de idade, foi, juntamente com um criado, salvo do naufrágio por um navio espanhol, e que este filho que se salvou é este que lhe fala. Saiba que o capitão desse navio, comovido com minha sina, tomou-se de afeição por mim e me educou como a um filho; que fiz das armas meu ofício tão logo julguei-me capaz; que descobri recentemente que, ao contrário do que sempre pensara, meu pai não morreu; que, de passagem por este lugar enquanto ia em sua procura, um acaso por Deus arranjado levou-me a avistar a adorável Elisa; que essa visão fez de mim um escravo de seus encantos; e que a força de meu amor, somada à severidade de seu pai, levou-me a me introduzir em sua casa e incumbir a outro de procurar minha família por mim.

Anselmo

E o que mais teria o senhor, além de suas palavras, para provar que esta não é uma mera fábula construída sobre um fundo de verdade?

Valério

O capitão espanhol; um sinete de rubis que pertenceu ao meu pai; um bracelete de ágata que minha mãe havia posto em meu braço; o velho Fedro, o empregado que se salvou comigo do naufrágio.

Mariana

Ai, a essas palavras eu posso responder, e afirmar que não está mentindo. Isso que diz só me vem revelar, com toda a clareza, que o senhor é meu irmão.

Valério

A senhorita, minha irmã?

Mariana

Sim. Meu coração se agitou, assim que se pôs a falar. Nossa mãe, que vai se extasiar ao vê-lo, inúmeras vezes me contou a tragédia de nossa família. Tampouco a nós Deus permitiu que morrêssemos naquele triste naufrágio. Nossa vida só foi poupada, porém, ao preço de nossa liberdade: foram corsários que nos recolheram, à minha mãe e a mim, dos destroços de nosso navio. Após dez anos de escravidão, um feliz acaso nos devolveu a liberdade e retornamos a Nápoles, onde encontramos todos os nossos bens vendidos e não logramos obter notícias de nosso pai. Passamos então por Gênova, onde tratou minha mãe de juntar os míseros restos de uma herança dispersada. E de lá, fugindo da feroz iniquidade de seus parentes, veio para estas terras, onde mal tem vivido uma vida de desalento.

Anselmo

Ó Deus meu, assim são os sinais de teu poder! Tão bem vêm nos mostrar que os milagres só a Ti pertencem! Abracem-me, meus filhos, venham unir sua alegria à alegria de seu pai.

Valério

O senhor é o nosso pai?

Mariana

É este a quem minha mãe tanto pranteou?

Anselmo

Sim, minha filha, sim, meu filho, sou Dom Thomás de Alburcy, resgatado das ondas pela graça de Deus com todo o dinheiro que trazia consigo, e que, julgando-os mortos há mais de dezesseis anos, dispunha-se, ao fim de longas viagens, a buscar na união com uma moça meiga e decente o consolo de uma nova família. A pouca segurança que vislumbrei em Nápoles para a minha vida, quando lá retornei, fez com que renunciasse para sempre àquela cidade. E tendo encontrado meios de lá vender tudo que tinha, vim a me estabelecer neste lugar onde, adotando o nome de Anselmo, procurei me afastar das mágoas do antigo nome, que tantos reveses me trouxera.

Harpagão

Este é o seu filho?

Anselmo

Sim.

Harpagão

Vou lhe cobrar na justiça os dez mil escudos que ele me roubou.

Anselmo

Que ele lhe roubou?

Harpagão

Ele mesmo.

Valério

Quem disse isso?

Harpagão

Mestre Tiago.

Valério

Você disse isso?

Mestre Tiago

Eu não digo nada, como pode ver.

Harpagão

Disse sim, está aí o Seu Comissário que tomou seu depoimento.

Valério

Acredita mesmo que eu seria capaz de um gesto tão vil?

Harpagão

Capaz ou não capaz, quero meu dinheiro de volta.

CENA VI
Cleanto, Valério, Mariana, Elisa, Frosina, Harpagão, Anselmo, Mestre Tiago, Flecha, o Comissário, seu Auxiliar

Cleanto

Não se apoquente, meu pai, e não acuse ninguém. Tenho novidades para o senhor. Vim lhe dizer que, caso me permita casar com Mariana, terá seu dinheiro de volta.

Harpagão

Onde é que ele está?

Cleanto

Não se preocupe: está em lugar seguro, aos meus inteiros cuidados. Resta ao senhor me informar sua decisão: pode escolher entre me entregar Mariana ou ficar sem seu cofrinho.

Harpagão
Não está faltando nada?

Cleanto
Absolutamente nada. Decida se quer aprovar esse casamento e se unir ao consentimento da mãe de Mariana, a qual deixou a filha livre de escolher entre nós dois.

Mariana
O que você ainda não sabe é que esse consentimento não basta. Pois, além deste irmão que aqui vê, Deus acaba de me devolver um pai, a quem deverá pedir minha mão.

Anselmo
Meus filhos, se Deus quis devolver-me a vocês, não foi para que eu me opusesse aos seus anseios. Senhor Harpagão, bem pode imaginar que a escolha de uma moça irá recair sobre o filho, e não sobre o pai. Ora vamos, não a obrigue a dizer isso que não carece ouvir, e consinta, como eu, nesse duplo matrimônio.

Harpagão
Antes, para me aconselhar, preciso ver meu cofrinho.

Cleanto
Vai vê-lo, ileso e salvo.

HARPAGÃO

Não tenho nenhum dinheiro para dar de casamento aos meus filhos.

ANSELMO

Não seja por isso, tenho dinheiro por nós dois.

HARPAGÃO

E compromete-se a arcar com as despesas dos dois casórios?

ANSELMO

Comprometo-me. Está satisfeito?

HARPAGÃO

Sim, desde que me mande confeccionar um traje para a cerimônia.

ANSELMO

Está acertado. Bem, vamos então desfrutar da alegria que esse abençoado dia nos trouxe.

COMISSÁRIO

Ei! senhores, calma lá! Quem vai pagar pelos meus escritos, por obséquio?

HARPAGÃO

E quem precisa dos seus escritos?

Comissário

Podem até não precisar. Mas, de minha parte, não pretendo ter feito isso tudo por nada.

Harpagão, *apontando para Mestre Tiago*

Como pagamento, dou-lhe este homem para mandar enforcar.

Mestre Tiago

Ai, o que eu devo fazer, afinal? Se digo a verdade me dão pauladas, se minto me querem enforcar.

Anselmo

Senhor Harpagão, precisa perdoá-lo por essa mentira.

Harpagão

O senhor então paga o Comissário?

Anselmo

Que seja. E agora, meus filhos, vamos logo contar nossa alegria à sua mãe.

Harpagão

E eu, rever meu amado cofrinho.

FIM

IMPRESSÃO:

Pallotti
GRÁFICA EDITORA
IMAGEM DE QUALIDADE

Santa Maria - RS - Fone/Fax: (55) 3220.4500
www.pallotti.com.br